人形たちの白昼夢

千早　茜

集英社文庫

人形たちの白昼夢

目次

人形たちの白昼夢

Daydreams of The Dolls

コットンパール

Cotton pearl

私は嘘をつけない。

そう言うと、彼女は大笑いをした。

「そんなの嘘。そんな人、いるはずがないわ」と、勢いよく首を振る。髪が揺れ、甘い匂いが散った。

ここにいる、と言うと、彼女はますます高い声で笑った。大きくあいた口の中でかたちの良い白い歯が並んでいた。

笑い終えると、彼女は「無口な人ね」と華奢（きゃしゃ）なカクテルグラスに口をつけた。

「嘘をつけないとね、人を怒らせることが多いから、なるべく喋（しゃべ）らないようにしているんだ」

「あら、あたしも人を怒らせることが多いわ。それって正直者だったからなのね」

カウンターに片肘をついてくすくすと笑う。泡がはぜるような笑い声を聞いて、彼女が嘘をついているのだと知った。

「君は嘘つきなんだね」

「まさか」

彼女は目をくるりとさせた。「ねえ、お人形ちゃん」と言って、私の隣のスツールに行儀よく座った人形の陶器製の頬をつつく。

「腹話術のおじさんは無口で不愛想ね」

私はおじさんと言われたことに少し傷つきながら、人形を抱きあげて自分の膝に載せた。言葉とは不思議なもので、私が口にすると不興を買う言葉も、あどけない少女の顔をした人形に喋らせると人々は苦笑を浮かべる程度で終わる。

それに、いつでも人形を傍らに置いている大の男なんかに人は滅多に話しかけてはこない。私は嘘がつけないというだけで変人ではないが、変人だと思われる方が安全ではある。

私にとって人形は身を守ってくれる壁であり、唯一の他者との架け橋だ。

人形の亜麻色の髪を撫でる。絹のような肌触り。

黙ってこうしていれば、気味悪がって去っていくだろうと思っていたのに、彼女はグラスを干すと新しい飲み物を注文しながら、さっきまで人形が座っていた私の隣の席に移動してきた。

彼女は夜を映したようなワンピースを着て、足首を青いリボンで巻いたサテンの靴を履いていた。大ぶりの真珠のネックレスが細い首の根元をみっしりと飾っている。真珠は子供が呑み込んだら喉に詰まらせてしまいそうなほど大きく、明らかに模造品だった。

「重くないのかい、それ」

彼女は一瞬、首を傾げ、私の視線を追い「ああ」とほっとしたような微笑を浮かべた。

「コットンパールだから。軽いのよ、とても」

「コットンパール」

繰り返すと、「知らないのね」と彼女は色のついた指先で首の珠に触れた。

「本物の真珠ではないのだろう」

「コットンパールという本物よ」

彼女の前に淡い金色の酒が置かれる。ふつりふつりと泡がたつ。シャンパングラスの輪郭は彼女によく似合う。どちらも曲線で構成されている。けれど、うなじから背中へと続くなめらかなラインが、大きすぎる偽真珠の粒で分断されている。

「そんな大きな珠を抱ける貝がいるの？」

「これはね、海のものではないの。雪深い北の国の森にね、蜘蛛がいるの。綿蜘蛛という白いふわふわの蜘蛛。その蜘蛛が冬眠する時に糸で丸い珠を作るのよ。それが、これ。綿菓子のように軽いわよ。海の真珠よりずっといいわ」

「じゃあ、その中には蜘蛛が眠っているの？」

「ええ、そうよ。もう死んでしまっているけれど」

残酷でしょう、と言うように鮮やかに笑った。他愛ない嘘をつく彼女は生き生きとしていた。目が輝いて、頬が桃色に染まっていたけれど、アルコールにというよりは嘘に酔っているようだった。

「お人形ちゃんにはまぶたがないのね」

覗き込んだ彼女の息で、人形の長い睫毛がかすかに震えた。

「夢をみないようにね」

「あら」と、人形の目を見つめたまま彼女は微笑んだ。

「あたしにはこの子が見てきたものが見えるわ。濃い夢のような景色が。当てましょうか、この子はあなたやあたしよりずっとずっと年上でしょう。この街のどんな老人よりも長く生きている」

「わかるのかい」

「ええ、わかるわ。見えるの」

何を訊いても彼女は作り話をした。作り話はどんどん膨らんで、もうひとつ地球ができてしまいそうだった。その嘘の地球には彼女が決めた嘘の重力があり、動物たちは嘘の生態系を作り、嘘の星空が広がっている気がした。彼女の嘘はとても幻想的だった。仕事終わりの一杯のつもりが、つい長居をしてしまった。お代わりのグラスを頼むのをやめると彼女が私を見上げた。

「ねえ、あたしに興味がある？」

「いや」

「照れちゃって」

　嘘つきの彼女は私の言葉を信じない。きっと誰の言葉も信じないのだろう。彼女は自分しか信じていない。

「あなたはきれいなところを隠すタイプなんだね」

「どういうこと？」

「首はコットンパールで、足首は青いリボンで」

　彼女は愉快そうに声をあげて笑った。「変な人」と言いながら、ネックレスを外して私に渡してくれた。

　コットンパールは確かに綿菓子のように軽くて、掌（てのひら）の上に載っていると泡みたいに見えた。私はそれを人形の王冠にした。

「良かった」と私は言った。

「何が？」

「軽いというのが嘘ではなくて」

「どうして？」

「あなたのきれいな首が傷んでしまっては悲しいから」

彼女は数秒黙った。それから、悪戯（いたずら）をたくらむ子供のような顔をした。

「あたしを好きになった？」

「いや」と、私は正直に答える。彼女は気にしない。口の中で飴玉（あめだま）を転がすように「ふうん」と甘い声をもらす。

「でも、あなたの首は好きだ」

「足首も見たい？」

「見たい」

「変な人」と彼女はまた笑った。「もう少し飲みましょうよ」

彼女は勝手に私の分まで注文をした。

夜通し、偽物の真珠は人形の頭を飾り、彼女はたくさんの嘘をついた。私はいつものようにたったひとつの嘘もつかなかった。

それでも、どちらかが腹をたてることはなかった。

彼女は私の家までついてきて、ベッドに入る前に足首を見せてくれた。それから、ずっと居る。夜になると人形の夢の話をする。

相変わらず彼女は嘘ばかりついているけれど、私は気にならない。

嘘と知っていれば真（まこと）が見える。

隠されているきれいなものを私は知っているから。

ときどき、彼女はそっとそれを見せてくれるけれど、そういう時間はきまって言葉がいらない。手を繋いで眠り、真珠色の糸を張る蜘蛛の夢をみる。

嘘でも真でも、二人でみる夢が同じなら何も問題はないのだ。

プッタネスカ

Puttanesca

赤く染まった自分のてのひらを空にかざすと、青さが目にしみた。

雲ひとつない、どこまでも澄んだ静かな空。

こんな景色を、あたしは見たことがある。

カンタロープ。

どこだろう。ねえ、カンタロープ、どこにいるの。

返事はない。

ああ、そうだ、彼女は死んだのだった。こんな風にあたたかい血に濡れて。

じゃあ、あたしも死ぬのだろうか。

街の女たちの呪いの声が聞こえる。いつも遠巻きにしてあたしたちを見ていた女たち。

御覧、緋色(ひいろ)の女の末路だよ。欲望で真っ赤に染まった女たちはあんな風に死んでいくんだよ。

あたしを指して嘲笑(あざわら)っている。

違う。

叫びたいのに、声はでない。

代わりに、とろりとろりと石畳にひろがっていく血を指先ですくって、唇にひく。

血はまだあたたかい。

違う。死んだりなんて、しない。

だって、あたしは、この景色を見たことがある。

自分が生まれたときの記憶があたしにはあった。

青い空にのばした、赤く染まった自分の両手。血と胎盤のにおい。風が運ぶ軟土と若葉の香り。外出中に産気づいた母親は楡の木陰であたしを産んだ。梢の緑が描いた影までおぼえている。

喋れるようになると、待っていたかのようにあたしは生まれたときのことを話した。あたしのはじめての景色だったから。

でも、大人たちは気味悪がって、あたしを悪魔の子と呼んだ。

そして、あたしは捨てられた。自分の背丈ほどもある巻き毛の人形と共に。

あたしを拾ってくれたのは、裸足の女だった。道端で人形を抱きしめるあたしを見て、双子だと思ったそうだ。人形の頭についた青いリボンを結びなおしながら「こっちは喋らず食わずで助かったよ。二人も養えないから正直どうしようかと思っていたけどさ、でも、よく考えたら将来の稼ぎも一人分しかないわけか」と、おおきな声で笑った。

女はいつも裸足で、赤い服を着ていた。そして、よく笑った。

カンタロープ。

そう女は名乗った。あたしがはじめて口にした人の名前。

カンタロープ、カンタロープ、カンタロープ、とあたしは何度も唱えた。くもった銀の食器が磨かれていくように、唱える度にその名は輝きを増した。あたしがしつこく名を呼んでも、女は「なんだい」と笑ってくれた。暗い夜道にあたしにしか見えないひとすじの光がさして、あたしはもう自分が迷子にならないことを知った。

カンタロープは裏町にある崩れかけた館に住んでいた。元は病院だったというその建物には、カンタロープのように赤い服を着た裸足の女がたくさんいた。

彼女たちのような人間を、街の人々は緋色の女と呼んだ。子どもたちからは囃し声と石つぶてを受け、女たちからは侮蔑と嫌悪を、男たちからは粘っこい好奇の目を向けられる存在。

けれど、それは昼の話。夜になれば、闇に咲く花になった。

気づけばあたしも赤い衣に身を包み、そう呼ばれるようになっていた。

グレナデンという名をカンタロープはくれた。

カンタロープはあたしみたいに何度も唱えることはしなかったけれど、毎日、おおきな声で名を呼んでくれた。あたしの名にひそむ鮮烈な赤に、館の女たちは顔をしかめたけれど。

カンタロープは緋色を恥じていなかった。昼間でも堂々と市場へ行った。なにを言われても、どんな扱いを受けても、笑っていた。

それどころか、カンタロープは赤いものを好んだ。赤い果実に、赤いお酒、短く切った爪はいつも赤く塗られていた。髪まで炎のように染めていた。

だから、あたしは金曜には真っ赤な辛いソースを煮つめてパスタを作った。トマトにたっぷりの唐辛子、オリーブとケイパーとアンチョビもいれて。カンタロープが喜んでくれるからパスタはどんどん辛くなって、二人して舌と唇を腫らして笑い転げた。

ときどき、不貞を働いた女が赤い服を着せられ館に放り込まれた。すべてを奪われ、街中の嘲笑を浴びて泣き暮れる女にもカンタロープは親切だった。

この街の人間は身分によって着ることができる服の色が決まっている。それは、生まれで決まり、よほどのことがない限り変わることはない。落ちたら、それまでだった。

どんなに惨めな女がやってきても、カンタロープは励ましも慰めもしない。館の女たちが呪文のようにしょっちゅうつぶやく「しかたない」も言わない。ただ、声をかけて他愛ない世間話をするだけだ。すると、不思議なことにその女はだんだんと館に馴染んでいくのだった。

誰もが暗い顔になる服を染める日も、カンタロープは「赤で良かった。赤は好きな色だからね」と笑っていた。

「赤は女を一番美しく見せる色だよ。欲望の色だ」

「でも」と、あたしは成長するにつれ不安になって訊いた。

「いつか欲望に染まって死ぬって」

「誰しも死ぬんだよ。それぱかりはどんなお偉い人も乞食も変わらない」

「赤く染まって死ぬって」

「赤く？」

「この間も下の階の人が死んじゃった。たくさんたくさん血を吐いて、自分の血に溺れるみたいにして死んだ」

「みんな血は赤いんだ」

「青い服の人も？」

「そう、あたしたちはみんな赤く染まって生まれてきたんだよ。女のここからね」

そう言って、カンタロープは赤いスカートをおどけた仕草でめくった。その顔をそっとうかがって、胸をおさえた。

「しってる。おぼえてるから」

捨てられてから決して言わなかったことを、あたしは口にした。カンタロープは目を見ひらいて、「へえ、あんたはやっぱり特別な子だね」と笑った。いつもと変わらぬ顔を見て、あたしはカンタロープを試した自分の臆病さを恥じた。「ブラシをかして」と、椅子に腰かけるカンタロープの後ろにまわって髪をとく。

「欲望を恐れてはいけない。欲望のない生き物は生き物じゃないよ。なくしたら、生きてなんていられない。みんな欲望に染まって生まれてくるんだから。ただ、それを忘れたふりがしたいだけだよ。男たちはときどきそれを思いだしたくて夜にひそんでやってくるんだ」

窓枠に肘をついてカンタロープは言った。

赤い髪が太陽の光できらきらと光る。

「生まれたときの気持ちを思いだしたくて、あたしたちのあそこにもぐるんだよ。男たちは戦い以外で血を流すことがないからね、ときどき血のにおいと色が恋しくなるんだ。男はね、女に触れないと生きていることを感じられないのさ」

でも、とあたしは思った。戸惑いがブラシから髪につたわったのだろう。カンタロープの手があたしの手に触れた。

「恥じることはないよ、グレナデン。あたしたちは正直に生きているだけなんだから。

なにも隠さず、偽らず。誰かに許しを請うこともせず」

　窓の外には青い空が広がっていた。空の下に連なる屋根はどれも茶色く、煙突の先は黒く煤(すす)けていた。そのまた下で、色分けされた人々が食べて眠って暮らしている姿を思うと妙にすうすうとした気持ちになった。

「赤で良かった」

　カンタロープを真似(まね)てつぶやくと、赤い髪から笑った気配がつたわってきた。

　カンタロープはそう言ったが、夜に訪れる男たちは影のようで恐ろしかった。

　闇に沈むランプや蠟燭(ろうそく)の灯(ともしび)は男たちの顔から表情を奪っていて、黒々とした身体(からだ)は昼間よりおおきく邪悪に見えた。人ではないものがむしゃむしゃとカンタロープを喰(く)っているようだった。

　あたしは屋根裏で板の隙間からそれを眺めた。人形を抱きしめながら。人形の服はあたしたちの服と違ってつるつるとした布でできていて、あたしの肌をひんやりと冷やしてくれた。

　影に抱かれながらカンタロープは叫んでいた。泣いているようにも聞こえた。

「泣いていたの？」

　男が帰った後にそう訊くと、カンタロープはおおきな胸を揺らしながら笑った。

「まさか」

白い胸は大輪の花のように、暗闇でもぼんやりと浮かんでいた。

「笑っていたのよ」

「ほんとうに？」

「ほんとう。あたしたちの笑い声はときどき泣いているように聞こえるの」

夜はほんの少しだけカンタロープの喋り方が変わった。声にひそむ湿り気があたしを落ち着かなくさせた。

カンタロープの髪が汗で首筋にはりついていた。次の客がくるまでにカンタロープの身体を拭こうと、たらいをだしてお湯をわかそうとした。

「グレナデン」と、カンタロープがあたしを呼んだ。

寝乱れたベッドに膝をたてて座り、手招きをしている。

「おいで」

狭い部屋には男の汗のにおいが残っていた。けれど、カンタロープに名を呼ばれた途端、ためらいは消えた。カンタロープはいつだって優しかったから。

抱き合うと、あんまりにぴったりで、あたしは人形がもう小さくなりすぎたことに気づいた。

人形を座らせた椅子の向こうに星空が見えた。銀色の星はカンタロープの名をはじめて呼んだときに胸に宿った光に似ていた。闇で輝くひそやかな光。この深い空の色は何色なのだろう。

一番高貴な色は青で、青い衣服を着る人々は滅多に街にやってこなかった。彼らは森の向こうに住んでいて、街にやってきても馬車から降りることはなかった。

カンタロープに抱かれながら、青い空よりこの星空がきれいだと思った。

カンタロープの肌の感触を知ると、あたしはもう夜が怖くなくなった。

顔のない、影のような男たちに喰われながら、目をとじてカンタロープを想(おも)った。泣くように笑うと、あの晩に見た星空が輝く。あたしの光は誰にも触れられないところにある。

あたしは笑う。カンタロープを近くに感じる。興奮して声をあげる。

身体の戯れはあたしの心を自由にした。

あたしたちは影にひざまずき、奉仕して、その黒い願望を叶(かな)えてあげる。そして、もらったお金で真っ赤な食べ物を買い、赤い衣を新調する。

そうして、何年か経った。

あたしがカンタロープと同じくらい稼げるようになった頃、カンタロープのお腹が膨らんだ。館の女たちは憐(あわ)れんだが、あたしたちは嬉しかった。だって、家族が増えるのだから。

今度はあたしがカンタロープを養ってあげる番だった。あたしはせっせと客をとった。

凍(い)てついた冬の朝に、カンタロープは女の子を産んだ。

カンタロープの血に染まった赤子は、湯気をたてながらふやふやと口をあけ、おおきな産声をあげた。

「笑ってるんだよ」と、疲れた顔でカンタロープは笑った。

名前はあたしが考えると言った。赤い果実の名前にしてね、とカンタロープは愛おしそうに血塗(ちまみ)れの赤子に頰ずりした。

その三日後にカンタロープは死んだ。

カンタロープに懸想した客が突然やってきて、カンタロープを襲ったのだ。お腹の子の父親は自分だと言って執拗(しつよう)にカンタロープを追いまわしていた男だった。あたしが市場に行っている間の出来事だった。

顔も胸もずたずたに引き裂かれたカンタロープのそばで赤子は声をあげていた。カンタロープの血潮で真っ赤に染まりながら。

男は廊下で倒れていた。女たちに殴られ踏まれ、息絶えていた。その背中にはカンタロープがいつも枕の下に隠していたナイフが深々と刺さっていた。

赤子のすさまじい声が頭を満たしていた。

あたしは負けじと笑った。おおきな、おおきな声で笑った。

女たちはみんな目をそらした。

人が泣き声と呼ぶ声は、あたしたちの笑い声。

そうカンタロープは言ったから、あたしは笑い続けた。

館には堕胎する女も子どもを捨ててしまう女もたくさんいた。子どもを失っても女たちの胸は張った。だから、赤子の乳には困らなかった。けだるげに横たわる女たちの乳を赤子はいっしんに吸った。

あたしは赤子に名前をつけなかった。赤子はカンタロープに似ていなかった。人形のような金の巻き毛に、青空を映したような瞳。カンタロープの瞳は、色の白さだけはカンタロープ似だったが、そばかすもなかった。カンタロープの瞳は、天気の良い日に焼いてくれたパンケーキと同じ優しい色をしていた。

赤子が歩けるようになると、あたしはもう赤子とは呼べない赤子を連れて森へ向かった。

石畳が途絶えると、小枝や石が足裏を傷つけた。赤子を抱いて歩いた。森をずっとずっと奥まで進むと、真新しい馬車のわだちが残る道を見つけた。その先には高貴な人々が住む屋敷があるはずだった。

あたしは赤子の服を脱がした。

昨夜、磨きあげた肌は真新しい雪のように輝いていた。

そして、すっかり手垢で汚れた人形の服を赤子に着せた。つやつやと光る人形の靴もはかせる。ところどころ傷んではいたが、服の色はまぎれもなく青だった。赤子の瞳と同じ色の。

最後に青いリボンで髪を結んだ。

春風に揺れるリボンは赤子にとてもよく似合っていた。

生まれてはじめてはいた靴をこそばゆがって赤子は笑った。笑い声はカンタロープを思いださせた。

「けして口をきいては駄目」

小さな紅い花のような唇に人差し指をあてる。

「名前をつけてもらえるまでは、一言も喋ってはいけないよ。わかる？　こんな青い服を着た人に拾ってもらうの。あたしのこともけして言っては駄目」

赤子は「どうして」とも「いや」とも言わなかった。あたしの言うことには従う子なのだ。あたしがカンタロープにそうだったように。濡れた目でじっとあたしを見つめていた。

「グレナデン」

赤子は、ただ一言、あどけない声でそうつぶやいた。

「その名も、もう呼んでは駄目」

やわらかい頬を軽くつまむと、あたしは赤子に背を向けた。

そのとき、髭の男と目が合った。毛皮を着たがっしりした男だった。木の陰になって表情は見えない。いつから見ていたのだろう。

あたしは毎晩男たちにするように笑った。てのひらも背中も冷や汗でびっしょりだったけど、艶やかに笑えたと思う。

男は近づいてくると、あたしの顎に触れた。獣のにおいがした。引き寄せようとする腕をすりぬけて、鼻の奥で笑った。けれど、目はそらさず、赤いスカートの裾を揺らして踊るように男のまわりを一周した。

そうして、森の奥へ誘った。

湖のそばで男はあたしを押し倒した。男があたしの胸に顔を埋めると、あたしは頭を抱くふりをしてカンタロープのナイフで男の喉をかき切った。あたたかい血があたしの上半身を染めた。

いきなり重くなった男の身体を蹴ってどかし、赤子の服で顔に飛び散った血を拭った。あたしの赤い服は血を浴びても変わらなかった。はじめて役にたったと思うと、かすれた笑いがもれた。

湖のほとりの湿った土を掘り、赤子の服を埋めると、森をでた。

それからの日々はよくおぼえていない。

おぼえていないというのはあまり正しくない。おぼえておくべきことが特になかった。毎日が単調なくりかえしで、あたしはやってくる男を迎え、去っていく男を見送った。

ただ、金曜には真っ赤なパスタを作った。辛い辛いそれを頬張り、カンタロープといたときのように笑ってみようとしたが、一人だとどうもうまくいかなかった。

赤子は戻ってこなかった。

赤子のことを訊いてくる者もいなかった。あたしの名を呼んでくれる者も減っていった。館の女たちは自分のことで手一杯なのだ。

ある晩、馴染みの男を街中まで送っていった館の女が殺された。腹を切り裂かれ、道の真ん中に大の字で寝かされていた。

次の週も同じことが起きた。その次の週も。きれいに裂かれた傷口から内臓をあふれさせて緋色の女たちは死んでいった。

そのうち、夜ばかりではなく、昼間でも襲われるようになった。太腿(ふともも)の裏の太い血管や喉笛を切りつけられ、女たちは大量の血をまき散らして死んだ。

女たちは恐怖に慄(おのの)いたが、街の人間たちが守ってくれるわけもなかった。緋色の女ばかりを狙っているのだとしたら、生贄(いけにえ)として捧(ささ)げておけば街の人間たちは無事でいられるのだから。

予感はあった。

金曜のパスタのためのトマトを買いにでたときだった。

獣のにおいが横をかすめた。

鋭い痛みが身体を引き裂き、目の前が真っ赤に染まった。

摑(つか)んだ手首は細く、目が合ったのは年端もいかない少年だった。腰に巻いた毛皮は、彼にはおおきすぎて地面についていた。乾いた血があちこちにこびりついていたが、その毛色には見覚えがあった。

「あたしよ」

なんとか、そう言った。

あなたが探していたのは。

血が喉の奥でごぼごぼ鳴った。

うまく言葉になったかはわからないけれど、つたわったとは思う。獰猛(どうもう)な獣のように光っていた少年の目がゆっくりとなだらかになっていったから。静かになったその目は赤子の服を埋めたそばにあった湖を思いださせた。

あたしは少年の手首から手を離した。

視界がぶれて、身体が傾いた。背中が冷たい石畳に触れるのを感じた。

空を見上げて思った。
すべては繋がっていく。この青い空の下で。

赤く染まった自分のてのひらを空にかざすと、青さが目にしみた。
雲ひとつない、どこまでも澄んだ静かな空。
思いだした。これは、あたしが生まれたときの空だ。
ああ、そうか、またあたしは生まれたのか。
血に塗れた身体でこの世に落とされたんだ。カンタロープが言ったように。
生きなきゃいけない。
生きてカンタロープを待たなきゃいけない。
もうすぐカンタロープがやってきて、あたしに赤い果実の名をつけてくれるだろう。
髪をとかし合い、金曜には辛いパスタを一緒に食べる。
それを、何度も、何度でもくりかえす。
あたしたちは離れてもまた出会う。この赤い血が繋いでいるから。
カンタロープ。
ねえ、カンタロープ、そうだよね。
産声をあげよう。

カンタロープがあたしを見つけやすいように。
あたしは口をあけて、おおきく、おおきく、笑った。

MISCELLANY

スヴニール
Souvenir

夕暮れ時のバスに揺られ、招き入れられたのは窓のない小部屋だった。
部屋は静かで外の雨音は聞こえず、まるで洞窟のようにほの暗く、空気はしっとりとあたたかい。

黒髪を撫でつけた給仕人が無駄のない所作で椅子をひく。彼の黒いベストの胸で葡萄のバッジが金色に光った。一重の目はずっと伏せられていたが、礼儀正しい佇まいの中に有無を言わせぬ威圧感があった。私は吸い寄せられるように椅子に座った。布張りの座面の、上質な苔のような感触に背筋が伸びる。会社で座っている耳障りな音をたてて軋むデスクチェアとも、ずぶずぶとだらしなく私を沈み込ませるばかりの自室のソファとも違う。私の体に寄り添いながらも、背中にそっと手をあてて、大丈夫だから胸を張ってと耳元で囁いてくるような椅子だった。

ひとつしかない真四角のテーブルには白色のテーブルクロスがかけられ、銀のカトラリーが整然と並んでいる。目の前の大きな皿の上には、これまた染みひとつない白い布ナプキンが折りたたまれ、青いリボンで結ばれていた。艶のあるリボンもナプキンのひだもほとんど芸術的といっていい曲線を描いている。

どうして来てしまったのだろう。私は深く後悔していた。

給仕人の手には、私のスプリングコートと鞄があった。磨きあげられた床に時折ぽたりと雨水を落とすそれらは、長い年月を風雨にさらされたかのようにくたびれはて、この清潔で上品な部屋にはひどく不釣り合いだった。私は水たまりで染みのできた無骨な革靴をなんとか椅子の下に隠そうと足先をたて、最後の拠り所のように胸に抱いていた招待状をテーブルの端にそっと置いた。

その招待状がアパートの錆びついた郵便受けの底に落ちていたのは、今日のように冷たい雨の降る日だった。紺色に近い落ち着いた青の封筒は、これからはじまる長い梅雨を予告しているように思えた。

封筒は、布ナプキンを結ぶリボンと同じ色だった。

招待状といっても私が勝手にそう思い込んでいただけで、この小さな部屋に通された時から間違いだったような気がしていた。私の向かいには空の椅子が一脚あるだけで、部屋に他に席はなかった。

レストランに見えるけれど、この部屋に閉じ込めてなにかを売りつける気なのかもしれない。

そう思いながらも給仕人の厳かな気配に圧(お)されて、私は封筒から白いカードをひっぱりだしていた。

〔Le souvenir〕

青いインクでそう印字されたカードには、店の簡単な地図と電話番号、そして今日の日付と時間が手書きで記されていた。カレンダーの横に画鋲(がびょう)でとめていたので、小さな穴がぷつりと空いている。

今日ここに来てしまったのは、他にどこにも行くところがなかったからだ。休日だというのに、私には遊びにでかける友人も一緒に過ごす恋人もいなかった。かといって、家に一人でいると会社のことばかりが頭に浮かび、水を吸い込んだように息が苦しくなった。気づくと、私は立ちあがってコートをはおっていた。そして、ビニール傘に手を伸ばした。

給仕人は私の差しだしたカードをうやうやしく受け取ると、一礼をして部屋をでていこうとした。

あの、と言いかけて、筆記用具が鞄の中だったことに気がつく。給仕人の男性は私の気配でふり返り、鯉(こい)のように口をぱくぱくさせる私を見た。温度のない目に思えた。けれど、そこには人が私と会話をしようとする時に浮かべる怪訝(けげん)さも侮蔑も憐れみもなかったので、心臓の動悸(どうき)は吸い取られるように鎮まっていった。

――どうぞ、そのままお話しください。僕は唇が読めます。

男性はほとんど口を動かさず喋った。声には抑揚がなく、ひとつなぎの呪文のようにも、機械が話しているようにも思えた。その音は洞窟のような部屋に反響して包み込むように届いた。聞きたかったことはするりと頭から抜け落ち、私は少しだけ身じろぎした。椅子が一層しっくりと体に馴染んだ気がした。

私からの質問がないと見て取ると、男性はまた一礼して部屋をでていった。すぐに足音もなく戻ってくる。

――それでは、お食事をはじめさせていただきます。

細長いシャンパングラスがテーブルに置かれた。空かと思ったが、底に赤が沈んでいる。

男性はやはり口をほとんどひらくことなくそう言い、片手に持ったスパークリングのワインボトルをグラスの上で傾けた。

――食前酒でございます。

キール・ロワイヤルかしら。

そう思った瞬間、グラスの中に無数の赤い珠が舞った。スパークリングワインの細かな泡とぶつかりながらふわふわと漂う。

珊瑚（さんご）。

私は唇だけでそう呟（つぶや）いていた。満月の夜の珊瑚礁の産卵。いつかテレビで見たその光景によく似ていた。

――アルギン酸ナトリウム粒です。

私は首を傾げた。

――カルシウムに反応してゲル化します。それで表面の膜を作り、球状化させています。もちろん口に入れても害はありません。お早めにどうぞ。

美容院で眺める海外の雑誌にあった分子料理というものだろうか。耳慣れない言葉で説明されると、絵も花も飾っていないこの清潔な部屋が現代的な実験室のように見えてきた。

――違うお飲み物とお取り替え致しましょうか。

いいえ、と私は慌てて首をふり、グラスに手を伸ばした。薄いガラスに唇をつけ、赤い珠が揺れる液体を口にふくんだ。泡が舌の上で躍る。そして、ぷつぷつと珠が壊れる儚(はかな)い感触がした。

可愛(かわい)らしい味だった。難しい説明に似合わぬ子どものお菓子のような強い甘さがひろがった。同時に懐かしい景色がよみがえった。家の近くの古いバス停。曲がりくねった山道を登っていくバスの車輪。そして、森の中へと続く小道。

やがて、小さい頃に好きだったチェリーの飴と同じ味だと気がついた。本物のチェリーや桜桃(さくらんぼ)とは似ても似つかない人工的な、舌が真っ赤に染まってしまう飴。けれど、透明な赤色の玉を口に入れてもらうと自然に笑みがこぼれた。

　あれはいつのことだったのだろう。私一人でどこかに行かなくてはいけない時、母はいつも赤い飴を口に入れてくれた。

　記憶の糸をたぐりよせるように、もうひとくち、もうひとくちと飲むうちにグラスは空になっていた。見計らったかのように男性が部屋に戻ってくる。

――アミューズでございます。

　手のひらサイズの小皿に小ぶりなカクテルグラスが載っている。細長いお米のような淡い金色の粒が盛ってあった。柄に装飾の入った銀のスプーンですくう。

しっとりした食感だった。嚙むと、ぷちんと緑の香りが弾けた。ごくごく繊細な緑。若い植物のような。けれど、ほんの少し苦味とくせもある。尖った細い葉が脳裏に浮かぶ。冬でも真緑だった針葉樹の森。私は松葉を緑の針と呼び、松ぼっくりを拾いながら歩いた。

　松のにおい。

――はい、松の実です。

でも、今まで食べたものと全然違う。ずっと小さいし、ナッツというよりは青い果物のようで。

――ええ、その通りです。まだ緑色の松かさの若い実をとって、ひと粒ひと粒、生のまま皮を剝いています。下の、松の実クリームとセープ茸のジュレもご一緒にどうぞ。

　男性は私の唇の動きをよく読んだ。私はスプーンを器に深く差し込み、とろりとした褐色のゼリーと象牙色のクリームを舌にのせた。秋の森のような豊かで深い味がした。

　カクテルグラスの足元にはゴルフボールくらいのプチ・シューが二つ転がっていた。男性がグジェールと説明したそれは、まだオーブンの熱を残していて、口の中でくしゃりと潰れた。お菓子のシュークリームとは違って塩気があり、ミルクのようなチーズの香りがふわりとたつ。

　針の森を抜け目指す家に着くと、小さな私はいつも一杯の搾りたての牛乳をもらった。牛乳はほのかにあたたかく、バターのようなこくがあった。その味を思いだした。あそこは一体どこだったのだろう。木の床に暖炉、窓辺には花が飾られ、庭は植物でいっぱいだった。私を待っている誰かは蔓薔薇が這うテラスで、庭で摘んだハーブを選り分けている。出迎えてくれる指はうっすら緑に染まっていた。二つ目のグジェールを口に入れると、その指を彷彿とさせるような鮮烈なハーブの香りが鼻に抜けた。

　スプーンを置くと、傍らのグラスにはいつの間にか白ワインが注がれていた。手はもう自然に伸びた。

　次に運ばれてきたのは、冷製スープだった。

薄緑の液体の上に白い泡がひろがっていた。カプチーノのようななめらかな泡だった。

すくって口に運び、驚く。ミルクや生クリームの味を予想していたので一瞬、何の味かわからなくなる。

強い酸味と青臭さと、かすかな甘み。夏の日差しがよみがえる。目に痛いくらい真っ赤な皮の表面で光る水滴。

トマトだ。スーパーで売っているような香りも味もないものではなく、畑で熟れたもぎたてのトマト。茎を鋏で切った時の青い匂いもする。

——トマトの皮も種も茎もへたも、全てをすり潰し遠心分離器にかけています。上澄み液は無色透明になります。その液体を泡仕立てにしました。トマト以外はなにも入れておりません。

白い泡の下にある薄緑のスープは胡瓜のガスパチョだった。こちらも新鮮な野菜の味がして、ワインと心地好い部屋ですっかりあたたまった体にひんやりと流れ込んできた。

この味を知っている。炎天下の中、大きすぎる帽子を被せてもらい、草むしりを手伝った。家庭菜園にはところ狭しと野菜が植えられ、作業が終わるとトマトや胡瓜をもいで食べた。労働の後のみずみずしい野菜は細胞が生き返るようだった。

けれど、私の家には家庭菜園などなかった。では、この記憶は一体どこのものだろう。

男性がカトラリー横の平皿に丸パンを置いた。芳ばしい湯気が食欲を刺激する。

魚料理が運ばれてきた時、私は男性を見上げた。皿の上では銀色の切り身がくたりと折り重なっていた。口をひらきかけた私を制するように男性が料理の説明をする。

——片面を軽くスモークした鰯です。下はジュエンタス貝の細切り。ソースはカシスのピューレにユーカリオイルを加えています。

脂できらきらと輝く魚。そのまわりで赤紫のソースが皿に線を描いていた。貝の身はどきりとするほど鮮やかな真紅だった。青と紫の花があちこちに散っている。華やかな熱帯の海のような一皿。

ボリジ。ビオラ。

花の名を、私は呟いていた。可憐な花を摘んでアイスキューブを作ったことがあった。その時に花の名を教えてもらった。今まで忘れていた。

——よくご存じですね。

さきほどから情景がよぎるんです。妙にまざまざと。

男性はなにも答えなかった。私はしばらく返事を待ったが、諦めてフォークとナイフを手に取った。潮の香りとソースの甘酸っぱさが不思議な調和を生んでいる。食べている間、やはり森と植物に囲まれた家の色彩が頭に浮かんだ。家の裏手にある家庭菜園の一角にはハーブが茂り、食べられる花々たちが咲いていた。そのひとはボリジがお気に入りだった。高貴な青だと言って愛おしそうに触れた。

——鰯のスモークに使った木のチップは、あなたが思い描いている森の木を使用しております。

ふいに男性が言った。

驚いて顔をあげる。男性は静かな表情で、私の前の空いた席を見つめた。その時やっと、私を招待してくれたひとが誰だかわかった。

――メインはなにかわかりますか。

羊です。

反射的に答えていた。男性はわずかに微笑むと、空いた魚の皿を下げて、新しいグラスに深い色の赤ワインを注いだ。

ほんの少しの間をあけて、ワゴンを押しながら部屋に戻ってくる。銀色の大きなトレイの上には、あちこちから木屑が飛びでた粘土のようなものがあった。表面が焼け焦げていて、部屋中に木と土の匂いが充満する。あのひとの家にあった埃っぽい納屋を思いだす。暖炉に使う薪や干し藁が積み上げられていた。

――藁を混ぜた塩で包み焼きにした仔羊です。

男性はぎざぎざしたナイフを差し込むと、くるりと刃をまわし、まるで宝箱のように上部をひらいた。湯気と一緒に獣の香りがたち、骨付きの肉塊があらわれた。木のまな板に移し、素早い動作で切り分け、真ん中の二切れを皿に盛りつけると、静かに私の前に置いた。

仔羊はしっとりと血の色を残し、透明な肉汁で濡れ輝いていた。ソースは野菜の複雑な味がした。付け合わせはしっかりとローストされたポテトで、予想通りローズマリーで香りづけされていた。

まったく違う料理なのに、彼女のシェパーズパイの味がします。

私がそう言うと、男性は頷いた。羊飼いのパイという意味のその料理にはパイ生地は使われておらず、ラムのミンチの上にマッシュポテトを敷いてオーブンで焼かれていた。ローズマリーのきいたそれは、彼女の得意料理だった。英国の血が入ったひとだった。

私に招待状を送ってくれた方がわかりました。やっと思いだしました。

小さい頃のある時期、私は毎週ある場所に通っていた。バスに乗り、森を抜け、笑顔のきれいな初老の婦人の家に行った。お茶やお菓子をご馳走になり、庭仕事や家事を手伝い、夕方になるとバスに乗って家に帰った。

ドライフラワーや生花で飾られた家は穏やかに私を包み、そこでは違う時間が流れている気がした。庭が見える窓辺のロッキングチェアには、若葉色の目をした人形が座っていた。お茶を淹れる時、彼女は必ず人形の分もティーカップを用意して「娘のものなの」と微笑んだ。けれど、娘を見たことはなかった。

——どうして今までお忘れになっていたのでしょう。

おそらく、と下を向く。

辛(つら)い時期だったからだと思います。あの頃の私も、今のように喋れなくなっていました。学校にも行けなくなり、両親は極度に心配し、私の居場所はなくなりました。駄目だった時の自分の記憶を消してしまいたかったのでしょう。

——喋れなくなってしまった原因を思いだせますか。

首を横にふる。

——では、今、そうなられてしまった原因に心当たりはありますか。

私は口を動かさなかった。会社では常日頃、先輩の女性たちにささいな嫌味を言われていた。飲み会で男性社員から変な絡み方をされることもあった。大学の時から付き合っていた恋人とは二年前に別れた。一人で働いて生きていくことに疲れない日はない。一ヵ月前、私が営業部の課長と不倫をしているという根も葉もない噂(うわさ)が流れた。けれど、なにが原因かなんてわからない。

目の前の空席を見つめた。紅茶を淹れてくれる彼女の目尻の皺(しわ)を思いだす。あなたはなにも悪くない、胸を張って。そう言っているような目だった。

——今日、彼女は来られません。

はっと顔をあげる。

今はどこに？

——病院です。

病院。

——彼女は数年前、脳のご病気にかかられました。忘れていく病です。大切な思い出も日々の些事も関係なく、頭の中の引きだしをごっそり抜くように奪われていく残酷な病気です。記憶が日々なくなっていく中で、彼女は当店のオーナーシェフにかつての患者さんのカルテを託されたのです。カルテといっても患者さんと一緒に過ごされた時間の記録に近いものですが。シェフはそれをレシピに変えました。本日のお食事は言うなれば過去の再現です。

患者？　私は患者だったのですか。

——彼女がカウンセラーだったことをご存じですか？

いいえ。

——僕もあの家に通っていたことがあります。香りの記憶は褪せません。

そう言って懐かしそうに笑った顔は少年のようだった。私が思う以上に若いのかもしれない。

——彼女は、忘れて欲しくなかったのかもしれませんね。

男性が静かに呟いた。そして、青いボリジの花を空いた椅子の前にそっと置いた。

——シェフの料理は以上です。デザートはいかがされますか？　メニューをお持ち致しましょうか。

あるのですか、と笑うと、男はええもちろん、と微笑んでくれた。

すっかり骨だけになった仔羊を見つめる。さっきまで血が通っているように赤かった肉片は、もう茶色く変色しはじめていた。ひとくちだけ残ったパンでソースの最後の一滴をぬぐう。

ナプキンを丸めると、口をひらいた。

デザートは家で食べます。

——かしこまりました。

トースターしかないけれど、彼女と作ったケーキを作ろうと思った。スーパーに寄って果物を買って、バットに敷き詰めて砂糖とレモン汁をふりかける。ボウルに小麦粉と砂糖、そしてシナモンも入れて、バターを合わせて手でぽろぽろとした状態になるまで混ぜ合わせてクランブルを作る。それを果物の上に載せて、表面がきつね色になるまでじっくりと焼く。泡立て器も秤もいらない、子どもでも作れる、とても簡単なお菓子。

あつあつのところにミントを散らして、大きなスプーンですくって食べよう。ホイップしたクリームをたっぷり添えて。彼女は林檎とブラックベリーで作るのが好きだった。ルバーブとブルーベリーの時もあった。いろいろなベリーがいつも庭に実っていた。

夜更けの部屋に広がるバターと熱い果物の香りを想像すると、子どもに戻ったようにわくわくした気分になった。そして、なにかを作ろうと思うことがずいぶん久々だと気づいた。

私の気持ちを見透かすように男性が言った。

——彼女のベリーを持って帰られますか。今の季節は冷凍のものしかありませんが、ラズベリーもブラックベリーもございます。彼女の庭はまだ美しいままなのですよ。

いいんですか。

男性は微笑みながら深く頷いた。

——店名のスヴニールは〔記憶〕という意味ですが、お土産という意味もあります。彼女もいつもスコーンやハーブの入ったチーズビスケットを持たせてくれたでしょう。

そうだった。アイシングのかかったラベンダーケーキ、クリスマスにはドライフルーツたっぷりのシュトーレン、いつもなにかお菓子を持たせてくれた。甘い匂いを胸に抱いて家路についた。

今夜は思い出で眠れなくなりそうな気がした。

——最後にあたたかいお飲み物はいかがです。

いただきます。

草花模様の茶器に淹れられた黄緑の液体は懐かしい香りがした。ユーカリ、タイム、レモンバーム、マロウ、ベルガモット、ミント……まるで彼女の庭にいるように、無数のハーブが混じり合い、すうっと喉と鼻を抜けていく。喉にいいのよ、と彼女が淹れてくれたお茶とそっくり同じ味だった。
ひとくちごとに肩が軽くなっていくようだった。ため息をつく。
おいしかった。
深く満たされていた。舌は正しく味を感じて、香りは美しい景色をよみがえらせた。
私は欠けてなんていない。今も昔も必死に生きている。
ハーブティーを飲みほして、口をひらいた。
「ごちそうさま」

リューズ
Crown

――リューズをまいて

頭の中に響く声に、朝がきたことを知る。

彼女は毎朝、七時半ぴったりにささやきかけてくる。声はいつもと変わりなく、仔羊のなめし革のようにしっとりと柔らかい。

頭を抱えていた腕をずらし、目をそろそろとあける。

時折、地響きが伝わる。深夜からの空爆はまだ続いているようだ。

空気は暗い灰色。部屋は一面に粉砂糖をまぶしたように埃が降り積もっている。倒れた椅子が中央にうっすらと見える。ガラスの砕け散った窓から入ってくる黒い煙が、焦げた臭いを運んでくる。

終わりのない夜が続いているようにしか思えない。

けれど、彼女の声が刻(とき)を違(たが)えることはない。

――リューズをまいて

声はささやく。呼応するように、床で何かがバチッと青い火花を散らした。

ラジオも冷蔵庫も掃除機も、機械という機械は電卓にいたるまで没収されたはずだ。クローゼットの奥に隠していた蓄音機も半年前の抜き打ち検査の際、金属バットで叩き潰された。

肘を使って、ベッドの下から這い出る。一晩中、身体を丸めていたので関節が軋む。床はざらざらだ。服越しにガラスや漆喰(しっくい)の破片が皮膚に刺さる。漂う埃にむせ込む。

――リューズをまいて
かすかに声が早くなった気がした。

床に這いつくばったまま、割れた窓に目を遣(や)る。外は室内と同じように暗い灰色。空爆の始まった深夜よりは幾分明るくなった気がする。けれど、分厚い噴煙が街を覆っていて、朝の光は一筋も降りそそいではこない。黒雲の中で不気味な赤い光がちかちかと点滅している。

恐らく援軍は来ない。この街が徹底的に破壊され尽くすまで空爆は止(や)まないのだろう。

地面が震える。灰色の部屋が波打ち、本棚にかろうじて残っていた本が顔のすぐ横に落ちてくる。もうもうと埃がたち一層視界が悪くなる。

地響きが立て続けに起きる。近い。そして、大きい。

床を這って彼女を探す。口の中も目の中もざりざりと砂っぽいのに、もう唾も吐けないし涙もでない。地響きと共に身体が上下に揺れる。

——リューズをまいて

舞い上がる埃の中、倒れたサイドテーブルのまわりを手で探る。粉々になったランプシェードの薄いガラスが掌に刺さり、熱い痛みが走る。もう一方の手を必死に伸ばすと、腕時計の柔らかな革ベルトに触れた。指に絡めて引き寄せ、文字盤を覆うひんやりとしたガラスケースに口づける。

——リューズを

胡麻つぶよりもほんの少し大きいくらいの、小さな金属の突起を探りあて、指の先でまわす。銀色の冷たい肌触り。きりり、きりりと彼女の中のぜんまいが小さく鳴る。

——まいて

ひときわ大きな地響きが、した。窓の外が紅く染まる。クラッカーが割れるみたいに壁に亀裂が入った。

きり……とリューズを巻ききった感触が指先に伝わる。

密やかな吐息が聞こえた気がして、爆音の中、目をとじた。

ベルの音が響いている。

息苦しさはない。

出発なのだな、となぜかわかった。

天国へは、どうやって行くのだろう。目をひらくと、灰色の部屋ではなく電車の中にいた。長い真っ赤なシートに座っている。

ごとん、と二両編成の登山電車が動きだす。ぼんやりと窓の外を見る。

頭を動かすと、こめかみに鈍い痛みが走った。夢でも天国でもないようだ。澄んだ空気を吸い込む。

無人のホームの向こうに温泉街が見えた。ゆっくりと離れていく。土産物屋の看板は錆びつき、マスコットキャラクターはひび割れ、かつては賑(にぎ)やかだったであろう通りは見る影もなくさびれていた。温泉の蒸気らしき白い煙だけがあちこちから立ちのぼっている。

昔、訪れたことがある場所だと、気付いた。子供の頃に、家族と。きょうだいたちは麦わら帽子を被っていて、母親は日傘をさして父親に笑いかけていた。

もう、皆いない。

機械はすべて壊されたはずなのに、どうして、まだ電車が動いているのだろう。

それに、一体どうやって、ここに来たのだろう。

わからないことばかりだったが、助かったようだ。

登山電車はゆっくりと進む。すぐに車窓は一面の真緑に覆われた。赤いシートとのコントラストが日に眩しい。

　他に乗客はいない。

　木漏れ日に目が疲れ、視線を落とす。靴は粉雪が積もったように埃にまみれている。髪に触れると、砂や煤がぱらぱらと散った。

　あの街は滅びたのだろうか。

　爆弾を落とし、なぎ倒し、引き裂いて喰らった者の顔は知らない。名も知らない。けれど、怒りはわかない。戦争とはそういうものだと知っているから。

　そっと、汚れた袖をまくる。

　腕時計の彼女は手首にちゃんと収まっていた。安堵の息がもれる。

　秒針はない。彼女の白銀の文字盤はいつも静かだ。それでも、動いていることはわかる。伝わってくる。時を刻む密やかな振動は、彼女の脈拍のようだ。

　電車は急な傾斜を登りきると動きを止めた。扉が開き警笛が鳴る。窓の下には渓谷。赤い鉄橋がかかっている。スイッチバックのポイントだと思いだす。

　こつ、こつ、こつ。

　無人駅のホームに軽快な靴音が響く。運転士が移動するのだろう。

　ホームでスカートがひらめいた。

　シルクの白靴下に黒いエナメルのストラップシューズ。

驚いて、立ちあがる。

駆けだしたが、ドアは開かない。叩いても引いてもびくともしない。そうこうするうちに、電車は鈍く身震いすると、動きはじめた。

前の車両へと走り、運転席と乗客席とを隔てるガラス窓を恐る恐る覗き込む。

腰まで届く長い髪、少女のような華奢な肩、繊細なアンティークレースの襟、黒いワンピースの裾からは刺繍(ししゅう)入りのペティコートが見え隠れしている。

それは、クッションを敷き詰めた運転席に良家の子女のような佇まいで鎮座していた。けれど、ハンドルを握る手に、ふっくらした子供らしい肉はなく、指は節によって形成されている。白く乾いた小枝のような指がメキメキと動き、傍らのレバーを掴んだ。人間の頭を潰すくらいは造作もないという細い指は、人の骨を加工してできているという噂があった。

表情は見えない。いや、表情などあるはずがない。

自動機械人形(オート・ドール)。

はじめて見た。恐怖で身体が小刻みに震えだす。

一部の好事家たちの間で秘密裏に売買されていたが、前の政権時に一体残らず破壊されたはずの呪われた人形。見た者はほとんどいない。それでも、都市伝説のように人形たちの噂は消えることがなかった。

初めは護身用だったと聞く。最新の科学技術を導入して、からくり職人たちが手作業で作った。政府の要人や貴族のために。

やがて、暗殺に使われるようになった。綺麗な包装紙でくるみ、リボンをかけて、一体を贈れば、それで済んだ。人の血の匂いを辿り、贈られた先の一族を皆殺しにした。壁も絨毯も螺旋階段も、何もかもが鮮血で染まった大広間のパーティー会場の真ん中に、子供のように足を投げだして座る自動機械人形の画像を見たことがある。それの顔はあどけなく微笑んでいた。

豪奢で、美しく、意志をもたない哀れな殺戮人形。

緑が窓を流れていく。電車は二度目のスイッチバックのために停車した。運転席を立った人形の顔は、以前見た画像と同じ微笑みを浮かべていた。動かぬ瞳に木漏れ日が反射する。

ようやく気付く。

助かったわけではなかったことに。

捕えられたのだ。

登山電車を降りると、山道を歩いた。

人形は二体いた。前に一体、後ろに一体、ぴったりとついている。人が一人やっと通れるくらいの舗装されていない道を森の奥深くへと入っていく。緑のトンネルを黙々と行く。

逃げようと思うのに、足が震えて、促されるまま歩くのがやっとだ。

どちらの人形も、襟と袖にレースのあしらわれたワンピースを着ていた。ただ、一体は額から頬にかけて淡い青のリボンがかけられていて、片目が隠れている。左の腕には紺色のリボンが巻かれていた。

長く伸びたリボンの端が風にたなびく。梢で葉がさらさらと鳴る。鳥がひっきりなしにさえずっている。足元に落ちる木漏れ日の影。

手首の時計が刻む、静かな振動に意識を集中させて歩いた。人形たちは腕時計のように静かで、一定の歩調を保ったまま、奥へ奥へと植物をかき分けて進んだ。

もし殺されるとしても、それはあくまで静かに遂行されるような気がした。一片の迷いもなく、素早く、そして的確に。真緑の葉に散る赤い血を想像すると美しい情景にさえ思えた。

すると、恐怖は消えた。腕時計の密かな振動が心を穏やかにしていった。

辺りの色が褪せてきたかと思うと、日が暮れはじめた。薄墨を流したような闇が広がり、陰影が濃くなっていく。代わりに鮮烈な緑に押されていた白や桃色の淡い花々の色がぼんやりと浮かびあがる。

ふと、頭上で何かが揺れたような気がして顔をあげると、巨木の枝々に青いリボンが結ばれていた。探すと無数にある。

リボンは、はたはたと歌うように揺れている。一本のねじれた幹のうろに白いものが見えた。目を凝らし、ぎょっとする。木に呑み込まれた人形の顔だった。頬にひびが入り、長い睫毛は苔生(こけむ)している。

後ろの一体を振り返る。リボンの色と似た青い目はまっすぐ前を見つめていた。

やがて辺りは暗くなり、山を覆う緑は、漆黒にその色を変えた。

にじんだ橙色(だいだいいろ)の灯りがもれる洋館は、暗闇の中にあってもひどく大きな建物だとわかった。

靴音が高く響くエントランスを抜け、臙脂(えんじ)の絨毯が敷かれた長い廊下を進む。階段の手すりや扉など、ところどころにシノワズリの装飾が施されている。

暖炉のあかあかと燃える応接室に通される。部屋は広く、天井は高く、四隅は闇に溶けている。

薪のはぜる音を耳にして、冷えきった身体がゆるむ。日が落ちてから気温はどんどん下がり、すっかり凍えてしまった。

暖炉脇の大きな一人がけのソファに身を投げだす。あたたかい泥のように柔らかく、痺れるような眠気に襲われる。

　ふいにドアが音もなく開いた。空気が揺れて、長身の男が入ってくる。慌ててソファから立ちあがる。

「どうぞそのままで」

　かすかにくぐもった低く深い声。森の奥に横たわる深緑色をした湖を思わせる。言われるままに再びソファに沈み込む。

　男は褐色の髭をたくわえ、白い蝶ネクタイに艶のある燕尾服といういでたちだった。かなりの長身で、室内だというのにシルクハットを目深に被っているせいで、細長い影が絨毯のふさの辺りまで伸びている。

　博物館で見るような、十九世紀初期の英国の服装。けれど、古臭いとは思わなかった。今や人々の日常生活はこの頃よりもずっと退歩してしまっている。

　この男はここの執事だろうか。

「ええ、そのようなものです」

　男の髭が動いた。微笑んだようだった。口にだしてしまったのかと、ばつが悪くなる。男は懐中時計を取りだした。銀色の鎖が小さく鳴り、白い手袋が暖炉の火に照らされ真珠のようになめらかに輝く。

　男の後ろから三体の自動機械人形が現れた。黒いワンピースに白いエプロンとレースのキャップのメイド姿の人形たち。こちらに駆け寄ってくると、一体は汚れた革靴にブラシをかけ、一体は服や髪の埃を払い、一体は掌の傷を消毒し包帯を巻きはじめた。人形の手は温かくも冷たくもなく、さらさらと乾いていた。

アルコール綿をこめかみに当てられ、鋭い痛みに飛びあがる。いつの間にか怪我をしていたようだ。爆撃を思いだす。

「危ないところでしたね」

執事らしき男と目が合った。人形たちが離れていく。男の目は深く、すべてを知っているかのようだった。

「お茶を一杯いかがです」

訊ねられた途端に、喉の渇きを覚えた。

いただきます。

口にだしたはずが、自分の声が耳に届かない。

あれ、おかしいな。

部屋の隅の暗がりに声が吸い込まれていく。魚のように口をぱくぱくと動かす。

「ご安心ください。ここでは声のだし方が少し違うのです」

どういうことでしょう。

「人のことばの及ばない場所なのです。紙に書くことはできますが、声にすることは難しいでしょう。すぐに、慣れます」

先程のメイド人形たちがめいめい銀のお盆をかかげて戻ってきた。背丈は十歳前後の子供くらいしかないのに、こなれた手つきで茶を淹れる。

「どうぞ」

男が言う。ソファの横の小ぶりな丸いテーブルに、メイド人形がカップとソーサーを置く。

ありがとう。

メイド人形が小さく会釈をしたような気がした。

ティーカップから華やかな香りの湯気がたつ。赤暗色の液体が暖炉の炎を映してゆらゆらと揺れ、金色の輪が浮かぶ。

まさか、本物の紅茶？

「はい、アールグレイです。ベルガモットの香りにはリラックス効果がありますので」

本物のベルガモット？　人工香料ではなく？

「ええ、本物です。本物のミルクも、不純物の入っていない砂糖もございます」

芳しい匂いに顔をあげると、メイド人形が籠にスコーンとマフィンを山盛り持ってきた。スコーンをひとつ手に取る。ちりちりと音がしそうに熱い。とろけるようなバターの香り。

「お伴に杏ジャム、ラズベリージャム、そして、クロテッドクリームはいかがですか」

これも本物？

「もちろんです」

あっという間にふたつ平らげ、紅茶を飲みほす。ブルーベリーマフィンに手を伸ばすと、メイド人形が茶を注ぎ足してくれた。

「お休み前にはホットチョコレートをご用意致しますね。よく眠れますように、ほんの少しブランデーをお入れしましょう。明日のご朝食には、蜂蜜色のパンケーキと搾りたてのオレンジジュース、こんがり焼いた分厚いベーコンもおつけします。卵はお好みの調理法で。すべて本物をご用意致しましょう」

夢みたいだ。

足を伸ばし、いっそう深くソファに沈み込む。

「あなたのために用意したのです」

どうして？

「あなたが、竜頭を巻くのが、とてもお上手でいらっしゃるので」

暖炉の太い薪がばちんとはぜて、うまく聞き取れなかった。いつの間にか、音楽が流れていた。

物憂げに軋むヴァイオリン。硬い結晶を転がすようなピアノ。たっぷりとした長いドレスを着た、双子のようにそっくりな白い髪の人形が二体、睫毛を伏せて弾いている。

ふっ、ふっと、燭台に火が点っていく。メイド人形たちが暖炉の火を蠟燭に移していた。

まるで亡霊のお茶会だ、と思う。

視線を感じた。男は左目に片眼鏡をはめて見下ろしていた。

「素敵な手巻き式時計ですね。とても珍しい」

咄嗟に手首の革ベルトに触れる。彼女は静かに時を刻んでいる。

「百年ほど前の、大戦の辺りのものでしょうか。あの頃は優秀な職人のいる小さな工房がたくさんありましたね。残念なことに、クォーツ式時計の開発で次々と消えてしまいましたが」

これは、大切なものなんだ。

「わかります」

これだけは手放せなかった。機械は感化されるから危険だと注意を受けても、どうしても。

「ああ、あの機械を狂わせてしまう兵器が開発されたという噂のことですか」

噂じゃない、事実のようだ。感化された機械は変質して、人を傷つけるようになるらしい。もう機械は根こそぎ徴収されてしまった。けれど、こんな小さな時計なのだから……。

「小さくとも、特別な時計です。その時計のぜんまいは時空を巻き取れます」

時空を?

「そうです。だから、あなたは崩落する街から逃れることができた」

文字盤を覗き込む。いつもと変わりはない。

それが機械の変質? 感化されてしまったのか?

「いいえ、その話は真実ではありません。お気になさらないで結構です。機械が本来の役目を忘れることはあり得ません。そして、機械は人の手を離れては生きていけないものです。特にこの子たちは」

この子たち?

見回すと、無数の白い顔があった。金髪に碧(あお)い目のロココ調の豪華なドレスを着込んだもの、髪を細かく編んだチャイナ服のもの、まっすぐな黒髪に大きな芍薬(しやくやく)の花を飾った着物姿のもの、燃えるような赤い髪に妖精を思わせる煌(きら)びやかな衣装をまとったもの、長い髪をシニヨンにまとめチュチュをはいたバレリーナ姿のもの……さまざまな髪色、目の色、そして服。どの人形も、蠟燭に照らされた顔は白く美しかった。

「この館のからくり人形たちです。怖がらないでやってください。あなたの時計と同じ、ぜんまい仕掛けの命が宿っています」

ぜんまい仕掛けの？

「ええ、日に一回、竜頭を巻いて動かします。あなたの時計と同じように。けれど、竜頭を巻くのは難しい。目一杯巻いてしまわないように、慎重に、注意深く巻いてやらねばなりません。重たくなったら、すぐに巻くのを止めないと、ぜんまいが切れてしまいます。その見極めは癖が強い機械ほど難しいのです。ご存じでしょうけれど。あなたの指先はとても繊細です。竜頭を巻くのがお上手だ」

男は窓に近付くと、カーテンの紐を引いた。外は真っ暗だった。先程から、風が窓をがたがたと鳴らしている。

「驚いていますね。あなたのぜんまいが教えてくれたんですよ。ですから、こうしてこの館にお連れしたわけです。ぜんまいは声を持っています。それも、ご存じだと思いますが」

男は窓の外の暗闇をじっと見つめている。

「あなたの彼女とこの子たちはぜんまいでできています。同じなんですよ」

いや違う、と思う。

彼女は人を殺めない。ただ静かに時を刻む慎ましい機械だ。

「確かに、この子たちは戦います」

男が静かに言った。窓の外で、風が唸り、木々がざわめいている。雨粒がガラス窓を激しく打つ。

「しかし、人口が定量に達したら自動的に街を破壊する、自立型兵器とは違います。持ち主も選びます。考えることができますから。意志があるからこそ、戦える。この子たちの戦場は、人の戦争とは違う場所にあるのです」

突然、人形たちが一斉に顔をあげた。

男がさっと移動し、両開きの窓を開け放つ。

ごうっと嵐が飛び込んでくる。カーテンがひるがえり、蠟燭が消え、暖炉の火が狂ったように揺れた。風は小枝や葉をまき散らし応接室をひとまわりすると、窓ガラスを剝ぎ取りそうな勢いで闇に戻っていった。

男が素早く窓を閉める。

床に人形が転がっていた。髪も服も濡れそぼり、風雨に叩きつけられた小鳥のようだった。

靴は片方脱げて、縦縞（たてじま）のワンピースは泥で汚れている。破れた服の隙間から白い平らな胸が見えた。そこに拳ほどの穴が空いている。

人形のかぼそい声が聞こえた、気がした。

思わず、ソファから立ちあがる。

人形を抱きかかえて暖炉の前に運んだ。

どうしたらいいかわからず、乱れた亜麻色の髪を撫でつける。つるりとした卵型の輪郭。陶器のような頬はひんやりと冷たかった。

髪を耳にかけてやると、人形の大きな目に何かが宿った。

胸に空いた穴の奥で歯車が動きだす。けれど、動きはぎこちない。歯車たちがうまく嚙み合っていない。びくんびくんと人形の身体が震える。

この子、怪我をしている。

男を振り仰ぐと、「損壊です」と訂正された。

手当てをしなくては。

白手袋の長い手がすっと下りてきて、人形の胸の穴に指を入れた。キラキラした丸いものを摘(つま)みだす。

ビー玉？

男は虹色に輝くそれをぽいと暖炉に投げた。一瞬、炎が紫色に染まる。

歯車がなめらかに動きだす。人形を抱いた腕に静かな振動が伝わってくる。

愛くるしい目で人形が見つめてくる。琥珀(こはく)の瞳に吸い込まれそうだ。瞳の奥でかちかちと火花が散っている。

けれど、胸に空いた穴が痛々しい。

自分の手の包帯を外して巻いてやろうとすると、人形たちの誰かが言った。

――包帯よりもリボンを

リボン？

なめらかな細長い布がひらひらと降ってくる。一筋の青いリボン。

――包帯よりも

――青きリボンを

――青きリボンを我々に

――シルクにサテン、タフタにベルベット

――リネンにコットン、レースにオーガンジー

――ラシャにフランネル、ストライプに水玉も

――金糸、銀糸の刺繡入り

さまざまな肌触りの青いリボンが辺りに舞う。人形たちが手に手に青いリボンを持って振っている。

――青きリボンを我々に

一斉に合唱をはじめる。人形たちの声が頭をいっぱいにしていく。

手渡されたリボンを巻きつける。どんどんリボンが手渡される。損壊した人形に巻きつけていく。胸の穴が見えなくなるまで何度も、何度も。

細い首の横でリボンの端を蝶のかたちに結ぶと、琥珀の目の人形は起きあがった。瞳

の奥の火花が輝きを増す。煌めく小爆発を繰り返して、またたく。まるで、銀河の創世のように。

「ここは砦。誰しもそれぞれの戦場があるのです。あなたにも、わたくしにもね」

男が新しい薪を暖炉にくべる。火かき棒で灰を掻きまわす。

「けれど、もう今夜はこの辺で」

厳かに言うと、人形たちは静かになった。

「また明日、この子の話を聞いてやってください」

放心しつつ、男を見上げる。

「そして、それを物語にしてください。物語だけは人のことばでなくては紡げません。ご心配なく、時間はたっぷりあります。お茶もお菓子もいくらでも」

男が手を差しだしてくる。勢いを増した炎で照らされて、髭と思っていたものが男の顔中を覆っていることに気付く。男の影はどこまでも長い。

あなたは？

男の手を取りながら尋ねる。

「わたくしは獣」

ほんものの？

「どうでしょう」

獣はそう言うと、かすかに首を傾けて笑った。

外は、まだ嵐。

ビースト
Beast

世界で一番高い山は海の底にあります。

けれど、人はそれを知りません。人以外の生き物は皆、それを知っています。

魚だけではないのです。魚が伝えたわけでもないのです。

この世界が生まれた時から続く長い長い記録があって、人以外の生き物はそれを読むことができるのです。誰に教えられることもなく。

記録といっては少々誤解があるかもしれません。

人の言葉の中で一番近いのは歌でしょうか。

終わりなく続く世界の歌。

その歌を聴いて生き物は世界を知ります。自分の運命を受け入れます。

本当は人もその歌を聴くことができるのです。

時々、それとは知らずに聴いてしまう人もいます。その瞬間、その人は世界と溶け合い、全てを知ることができます。

ただ、人は忘れてしまうのです。留めておくことができないのです。

なぜなら、人は世界の歌を知った瞬間、それを何かに使おうとするからです。もしくは、失わないために人の言葉で保存しようとします。

そうすると、歌はその手から零れ落ちてしまいます。

失った歌はもう二度と摑むことはできません。それは他の生き物にとっては命を失う以上に哀しいことです。

けれど、人はその哀しさにすら気がつきません。

千切れた世界の歌を誇らしげに見せびらかします。

本当の歌は生きて流れ続けているのに、人は歌の死骸を仰々しく敬います。

玉座に掲げられた死骸は腐敗し、嫌な臭いを放ちはじめます。そして、たくさんの血と涙が流れます。やがて、埃をかぶり枯れ果てるまで。

人が世界で一番高いと思っている山脈の中腹に、一人の少女が住んでいました。

少女の名はありません。呼ぶ人がいないのですから、必要がないのです。

山脈の麓には小さな村がありました。村人たちは少女をヌカラと呼びました。

けれど、それも少女の名ではなく、少女のように山に住む人々のことをそう呼んでいたのです。ヌカラは一人でした。少女の前のヌカラは男性でした。黒々とした髭を生やした大きな男でした。黒い髭が白くなる頃、男はどこからか少女を連れてきて、一年を共に過ごし、いなくなってしまいました。

男がどこに行ったのか、少女だけは知っていましたが、男の行方を尋ねる者もいないので誰にも言うことはありませんでした。

少女は一人になってからも特に寂しいとは思いませんでした。男と出会った時から、いつかは一人になることを知っていたからです。そもそも、少女は寂しいという気持ちを知りませんでした。楽しいという気持ちも、怒りも知りませんでした。不安と恐怖は知っていました。少女の心は山に棲む獣のようでした。

獣のようと聞くと、人は大層猛々しい気性を想像しがちですが、元来、獣は穏やかなものです。必要もないのに騒いだり争ったりはしません。毎日、自らの命をつなぐための食料を探し、棲み慣れた寝床で丸くなって眠ります。贅沢も娯楽も求めません。本当に止むを得ない場合のみ、威嚇したり攻撃したりしますが、基本的には面倒なことは避けます。

少女も同じでした。日が昇ると、自分で編んだ籠を持って木の実や魚を採りに行きます。多く採れることがあると干して保存します。山は一年の半分は雪に覆われます。その間は食べ物が採れません。駆け足で過ぎる春と夏と秋の間に食べ物を貯めておかなくてはいけませんでした。

夏の一番大事な仕事は罠作りでした。少女は夏いっぱいかけて大きな大きな穴を掘ります。穴の中に木と蔦で作った梯子をかけ、何度も昇ったり降りたりして土を捨てます。それくらい大きな深い穴です。夏の暑い日はひんやりした穴の底で寝てしまうことも度々でした。

けれど、少女は弱音も吐かず、泣きもしません。一人でそんなことをしても誰かが慰めてくれるわけでも、代わってくれるわけでもないからです。それに、掘ることを止めさえしなければ、罠は必ずできあがることを彼女は知っていました。

穴ができあがると、上に細い枝を何本も渡して、枯草や葉っぱで覆います。そして、穴の周りに柵を巡らして、秋の間中、決して手を触れずに放っておきます。

秋は採集の季節です。山は明るい橙色や赤色でつやつやと輝きます。木々の間には落ち葉の香ばしい匂いが漂います。水も甘くなり、山の動物たちも活発になり、体を丸々と太らせます。少女はいよいよ熱心に冬ごもりの準備に励みます。時々、村に降りて山のものと村のものを交換してもらいます。

初雪がうっすらと山に化粧を施しはじめると、少女は自分の匂いをつけないように体を洗い、罠の周りの柵を取り払います。そして、待ちます。

この山には、他のどこにもいない大きな獣がいました。彼らは少女が住んでいるところよりずっと上の、空気の薄い場所に棲んでいました。そこでは、夏でも雪が溶けることはなく、その獣以外の生き物も植物も生きることができませんでした。村の人々はその獣をマムウと呼んでいました。いえ、彼らはマムウを生き物とは思っていませんでした。雪の化身だと思っていたのです。

マムウは村で一番立派な家ほどの大きさがありました。全身は純白のふさふさした毛で覆われています。白い息を吐きながら、群れをなして静かに移動する様子は、確かに吹雪のようでした。

なにより、村人を畏れさせたのはマムウの眼でした。その眼は氷のようでした。それも、決して溶けない氷です。氷河の亀裂で光る、深い深い氷の底の色です。氷に色はありません。けれど、その透明を幾度も重ねると、青が滲んでくるのです。それが、底なしの氷の色でした。村人は雪や氷の恐ろしさを知っていましたから、マムウの眼を畏れました。

少女は、マムウにも他の動物たちと同じようなあたたかい赤い血が流れていることを知っていました。真夜中に山の中腹に降りてきては静かに草を食んでいることも知っていました。

少女はマムウが好きでした。その青い眼も、穏やかな気性も、慎み深い生活も。マムウの周りには澄んだ空気が流れていました。まるで、しんと降り積もった雪のような空気でした。

マムウとヌカラの行くべき場所は同じでした。少女を育てた男は、老いたマムウが行くべき場所に行ったのです。いつかは、少女もそこに行くのです。そういう意味でもマムウは少女にとっては特別な生き物でした。

けれど、少女が生きるためにはマムウの命が必要でした。

毎年、その朝は静かでした。きいんと、耳が痛くなるくらい。風の音も、生き物の気配もしません。山中が静まり返っています。少女はぱっちりと目をあけます。刺さるような静けさを体に馴染ませます。小屋を出ると、山中の気配が少女を見つめて息を殺しています。少女は知ります。

薄く積もった雪を集め、溶かすと、小刀を研ぎます。切っても痛みを感じないくらいに、鋭く冷たく研ぎあげます。そして、夏に作った罠のところに行きます。

そんな時、必ずマムウは罠にかかっています。マムウの大きな頭だけが地面から飛びでています。その顔が、近付いてくる少女をじっと見つめています。周りには無数の足跡がついていますが、群れの姿はありません。少女が穴の横で立ち止まると、マムウは静かにその青い眼を閉じます。少女は小刀の刃をマムウの首筋の一番太い血管にあてます。つららのような刃が白い毛皮に吸い込まれて、あたたかい飛沫（しぶき）が少女と真新しい雪を真紅に染めます。マムウの命は白い湯気となって青い空に立ちのぼっていきます。マムウの血の匂いを胸一杯に吸い込んで、少女はマムウの大きな体が倒れていくのを見守ります。

ふと、視線を感じて少女は振り返りました。険しい山肌でマムウの群れが少女を見下ろしていました。その中にひと際大きい銀色の毛をしたマムウがいました。その眼は真っ白でした。少女は血を拭いもせず、その白い瞳をまっすぐに見返しました。

やがて、銀色のマムウはきびすを返しました。群れは音もなくその後に従い、山にかかる白い霧の中に消えていきました。

罠にかかったマムウの肉は冬の間の貴重な食べ物です。そして、純白の毛皮は少女の服になります。マムウはとても大きいので、小さな少女が冬を越すのには充分すぎるくらいの肉がとれました。

厳しい冬が終わり、雪が溶けると、マムウの大木のような骨が現れます。骨を柱にして少女は新しい小屋を作ります。

そして、また同じ一年が繰り返されるのでした。

いつの頃からか、少女は白い犬と暮らすようになりました。森の奥の沼で溺れているところを拾ったのです。めったに吠えない、賢く勇敢な犬でした。なにより、マムウのような白い毛皮が少女のお気に入りでした。ただ、犬の瞳は黒でした。

犬と暮らすようになって、少女は笑うようになりました。触れ合うことで、あたたかいものが心に湧きあがることも知りました。ほとんどださなかった声も発するようになりました。

ある日、白い犬が青いものを咥えて少女の元にやってきました。美しく澄んだ球体状の石でした。その冷たい青色はどこかで見たことがありました。

少女が犬にどこで拾ったか尋ねると、犬は振り返りながら走りだしました。犬は去年、少女が作ったマムウの罠の跡地に少女を連れて行きました。マムウの体は他の生き物や植物の栄養となり、枯木のような数本の骨を残すだけになっていました。穴も茂った植物で覆われています。犬はその穴に飛び込み、蔦や苔に覆われたマムウの骨を伝って上がってきました。そして、少女の手に青い石を載せると、尻尾を振りました。

少女はその青色が何か、やっと気がつきました。それはマムウの眼でした。その眼はマムウの肉体がなくなっても深い氷の色のままでした。

ヌカラに殺される場合を除いて、マムウは山の中では死にません。死期が近付いたマムウは山の頂上へ向かいます。そこから帰ってきたマムウはいません。ヌカラも同じ道を行きます。その道は誰に教えられなくとも、死が近付くとわかるようになっているのです。少女がその道を知るにはまだ若すぎました。ですから、マムウの眼が腐らず残ることを知らなかったのです。

その眼は少女の宝物になりました。マムウの皮で袋を作り、腰に下げて持ち歩きました。

夜に犬と小屋の中で丸まっている時、その眼を月にかざすと、中に光るものが見えました。それは、とても寒い日に空気中で舞っている小さな氷の欠片に似ていました。その欠片は複雑な模様をしており、手に取るとすぐに消えてしまいます。マムウの青い眼の中で、欠片に似たものは消えることなくきらきらと瞬きました。

少女は眼の中の欠片を眺めるのが習慣になりました。少女は青い眼を美しいと思いました。山に美しいものはたくさんありましたが、自分のものにして肌身離さず持ち歩きたいと思ったのは初めてのことでした。

年を経るごとに少女の袋は膨らんでいきました。罠にかかるマムウの眼はひとつひとつ微妙に違いました。そのマムウが生きているうちに見た光が閉じ込められているのだと、少女は思いました。

もうひとつ、少女が大切にしているものがありました。

それは蝶の翅でした。

森で生まれる蝶は短い夏を生きて、冬が来る前に死んでしまいます。ある秋の日、少女は森の奥の湿地にきのこを採りに行きました。そして、大きな切り株の隙間で、蝶が寄り集まって寒さをしのいでいるのを見つけました。

冷たい風が吹く度に、一匹、また一匹と蝶は死んでいきました。

死ぬと蝶は仲間から離れて、枯葉と共に風にまかれて飛んでいってしまいました。生きている時と違って、くるくると回りながら。

少女は飛んでいく蝶の死骸を摑みました。翅はあっという間に粉々になり、少女の指の隙間から散ってしまいました。今度は慎重に、指の先だけを使って摘むと、掌にそっと包んでしゃがみ込みました。

掌の蝶は村の娘たちが祭りの日につける髪飾りによく似ていました。彼女たちは細い布を器用に結んで、ひらひらとたなびかせていました。けれど、少女の手の中のそれはもっと繊細で美しいものでした。

白と焦げ茶と黄のくっきりとした模様の翅はかさついて粉っぽく、生き物なのに何の匂いもしません。少し指先に力を込めただけで、簡単に壊れて、風にまかれ、たやすく消えてしまいます。なんて脆い美しさでしょう。そんな儚い死体を少女は知りませんでした。少女は死の匂いも、腐敗の臭いもよく知っていたので、とても驚きました。

それから、少女は蝶の翅を見つけると、そっと持ち帰るようになりました。村で貰った紙の箱にマムウのふかふかした下毛を詰めて、そこに蝶の翅をしまいました。さすがに持ち歩くと壊れてしまいそうだったので、寝床の下にしまっておきました。

少女は時々、翅や眼を白い犬にも見せてあげました。けれど、白い犬は鼻を鳴らすか、遠慮がちに桃色の舌で舐めるばかりで興味を示しませんでした。少女はそれが不思議でした。自分とこの生き物は少し違うのかもしれないと思いました。

見た目だけでいえば、村の人々は少女によく似ていました。

けれど、少女にとってはなにより自分と違う生き物に思えました。少女を最も戸惑わせたのは、それぞれの人がまったくばらばらなところでした。体格の差はあってもマムウはマムウでした。山には無数の植物が生えていますが、鳴いたり走ったりする植物はありません。肉を食べない狼もいないし、石を食べる兎もいません。単体で暮らす生き物であっても、狐は狐で、鷹は鷹でした。そこから外れることは決してしません。

けれど、村の人々は皆それぞれ違うことをしました。もちろん、村には決まりがあってそれに背くことはしません。でも、なんとなく信じきれないものが人にはあるような気がしました。ちょっとしたはずみで簡単にまとまりを欠いてしまいそうな危うげな空気が漂っていました。

なぜなら、人は同じ言葉を話すのに、同じことを皆が聞いてはいないからです。マムウにはマムウにしか感じられない音や匂いがありました。他の動物だってそうです。自分の種族の大いなる流れに耳を澄まさない生き物はいません。人以外は。人はそれぞれが自分に都合の良い言葉を切り取っているように見えました。けれど、人の身の裡には常に深い空洞があり、埋まることがありません。

少女は人間の持つ虚ろな部分を恐ろしく感じました。その虚ろには優しさが育つこともありましたが、全く別の禍々しい感情が育つこともありました。その未知の可能性は、自然の中で流れに従いながら生きるものたちにとっては不気味だったのです。

とはいえ、村人たちは森の生き物と違って手先が器用でした。少女には鋭い爪も、分厚い毛皮もありません。服を縫う針や糸、猟をするための刀や釣り針が必要でした。少女は時折、村に降りては山で採ったものと交換してもらいました。

村人たちはヌカラを敬っていたので、少女を邪険に扱うことはしませんでした。特に村の年配の女性は少女に優しく、髪を梳いてくれたり、甘い菓子をくれたりもしました。少女は育ててくれた男から片言の言葉を教えてもらっていたので、毎回、礼儀正しくお礼を言いました。そうするように男から教えられていたのです。けれど、必要のないことは話してはいけないとも言われていました。ただ、穏やかに笑っていればよいと男は言いました。

ある日、少女が村に降りて行くと、村中が甘ったるい香りに満ちていました。空気もざわついています。広場の周りの道を、強い匂いを放つ大きな生き物たちが塞いでいました。鼻の長い、灰色の肌をした毛の少ない獣でした。がっしりした体格の、角のない鹿のような生き物もいます。皆、金や赤の刺繡のはいった布や鞍をつけていました。鼻息荒く足を踏みならしているものもいます。

知らない土地に来て怯えているのだと、少女は思いました。人間に長く飼われている生き物は心を閉ざしがちなので、うまく心を通わせることができません。少女は灰色の肌をした生き物に近付きました。マムウより少し小さいくらいの大きさです。マムウの毛を剃いでしまったらこんな風になってしまうのかと思い、少女は不憫になったのでした。その生き物からは乾燥した空気の匂いがしました。皺に覆われた小さな眼は震えていました。遠い南の国から来たのでしょう。吐く息からは疲労の匂いがしました。

その時、村長の家から派手な布を幾重にもはおった男が出てきました。たくさんの家来を連れています。

男ははるか遠くの砂漠の国に住む貴族の者でした。水の少ない国です。その砂漠に住む人々は水を取り合って何百年も戦ばかりしていました。気の荒いことで名の知れた民族でした。村長は今にも泣きそうな顔で男に従っています。

砂漠の貴族は少女を見て、鋭い声をあげました。すると、獣の後ろにいた頑丈な男たちが槍や剣を持って飛びだしてきました。少女が驚くと、灰色の生き物は長い鼻を少女の体に巻きつけ、自分の顎の下に隠してしまいました。鞭が鳴っても知らんふりをしています。

貴族は笑いながら近付いてきました。

「象に気に入られたようだな」

貴族は少女の髪を掴み、乱暴に引きずりだしました。貴族の指や手首には宝石や金属がたくさんついていて、耳障りな音をたて少女の頬や首筋を傷つけました。

少女が小さな悲鳴をあげると、白い塊が貴族に飛びかかりました。貴族は少女を地面に叩きつけると、反り返った大きな剣を抜きました。

風を切る音がしました。一瞬早く少女は剣の下をくぐって、犬を抱き締めたまま転がりました。貴族の家来たちが少女と犬を取り囲み、犬は唸り声をあげました。少女は昂奮（こうふん）する犬の耳元に優しい声を囁きながら、貴族を見上げました。その様子を見ると、貴族は剣を鞘（さや）に納めました。

「これは美しい娘だな、それに素晴らしい毛皮を着ている」

村長が慌てて、少女と貴族の間に割って入りました。

「この者は村人ではありません。お願いですから、傷つけないでいただきたい」

「では、どこの者だ」

「山に住むヌカラという一族の者です。我々の好きにはできぬ者にて、どうかご容赦のほどを」

「ふん、私はあの娘が欲しくなった。手に入れたい。おい、そのヌカラという一族の長（おさ）

はどこにいる？」

「ヌカラはあの者だけでございます」

「一人なのに一族なのか？」

貴族は笑いました。少女と犬は後ずさりしました。貴族の服に浸み込んだ強い香料の匂いで頭痛がしてきたのです。貴族は耳にも額にも宝石をつけていました。大きくひらいた口の中でも、ちかりと石が光りました。

「ヌカラは文字を持ちません。次のヌカラに全てを伝えて逝きます。山と話すこともできます。故に、ヌカラは一人でいいのです、体は朽ちてしまいますが、山と共に永遠に生きる者たちなのです。彼女は一人に見えますが、山が生まれた時から連なる全てのヌカラたちの魂を宿しているのです」

「お前たちの生き神というわけか」

「そうです、山の守り神です」

貴族は鼻で笑うと、小さく舌打ちをしました。違う慣わしを持つ人間たちが大切にするものに触れるとやっかいなことになる。そう直感で悟ったのです。見まわすと、あちこちの家から村人が顔を出しています。少女の身を案じているようでした。険しい顔をして、くまでや鋤を持っている男もいます。けれど、貴族は欲深でした。名残惜しそうに少女を見ました。

「宝石にとって一番大切なことを知っているか？」

　村長は首を振りました。そもそも、彼は宝石なんてものを見たのすら生まれて初めてのことだったのです。

「宝石にとって一番大切なこと、それは眠ることだよ。静かに長く眠った宝石は美しい。そして、特別な力がこもるのだ。あの娘が美しいのも、きっと長く眠っているからだろう。けれど、磨かなきゃただの石ころだ。まあ、こんな村じゃ無理だろうがな。おい、娘、私のところに来ないか？」

　貴族はそう言いながら金色の硬貨と赤い石のついた指輪を、少女の足元に放り投げました。硬貨と指輪は光を放ちながらぶつかり合い、かちかちとした音をたてて転がりました。少女はそれらを美しいとは思いませんでした。華やかでしたが、変に心をざわつかせました。マムウの青く澄んだ眼と違い、静けさがありません。少女は眉をひそめました。

「価値がわからないか。じゃあ、これならどうだ」と、貴族は家来に言って人形を持ってこさせました。

「お前によく似ているだろう」

　白銀の髪に青灰色の目をした人形でした。髪には大きな蝶が翅をひろげたような青い髪飾りをつけています。確かに、少女が湖に行った時、水面(みなも)に映る顔によく似ていました。けれど、人形が着ているきらびやかな服よりも、マムウの純白の毛皮の方が綺麗でした。少女は不思議そうに人形を見つめましたが、手を伸ばそうとはしませんでした。

貴族は忌々しそうに舌打ちをすると、村長を怒鳴りつけました。

「まったく、ここは酷く寒い！　あの白い毛皮が欲しいぞ。狩りに行くから案内しろ！」

村長は隙間風のように弱々しい声で言いました。

「あの毛皮の獣は狩れません……。あれはマムウという雪の化身で、誰にも殺せないのです」

「じゃあ、どうやってあの娘は毛皮を手に入れたんだ！」

「ヌカラだけがマムウを殺すことを許されています」

「あんな小さな娘に狩ることができるなら、簡単じゃないか！　案内しろ！」

村長は悩みました。貴族は相当に憤っていました。濃い目がぎらぎらと血走り、褐色の肌が怒りで黒ずんでいます。マムウのいる場所に案内しなければ、少女を強引に連れ去ったり、村人に乱暴を働いたりするかもしれない。村人がマムウを狩ることは禁じられているが、よその国の人間ならば許されるかもしれない。あの大きなマムウのことだ、そう簡単にはやられないだろう。

村長はしぶしぶ言いました。

「それでは、案内致します。ただ、これだけは覚えていてください。ヌカラがマムウを狩るのではないのです。マムウが自ら、ヌカラに命を捧げているのです。あの少女が着ている毛皮が純白なのは、マムウが自らの命を奪うことを許した証なのです。だから、たとえ殺せたとしても同じ毛皮は手には入りません」

貴族は返事もしませんでした。象の鼻が少女の頬に触れて、象の背中の輿に乗り込むと、家来に指示して立ち上がらせました。象の鼻が少女の頬に触れて、離れました。皮膚は冷えきっていました。あの大きな優しい獣はとても山になんて行けない、凍えてしまう。少女はそう思いましたが、止める間もなく貴族の一団は土煙をあげて村を出て行ってしまいました。

貴族たちが見えなくなると、戸の隙間から村の女の子が走り出て、貴族の置いていった人形を抱きしめました。少女は微笑むと、そっとその場を離れました。

砂漠の民たちはマムウの大きさに驚きました。そして、雪の冷たさにも困惑しました。馬はなんとか動けましたが、険しい岩肌や凍りついた地面に何度も足を取られ悲鳴をあげました。象は寒さのせいですっかり動けなくなってしまいました。

貴族は腹をたて、後ろの荷台から大きな銃と火薬を取りださせました。

耳をつんざく音が山を駆け抜け、象の大きな体がぐらりと傾きました。鳥や小さな動物たちがすごい速さで逃げていきます。地響きをたてて倒れると、象は動かなくなりました。

村長と村の男たちは仰天しました。彼らは銃を見たことがありませんでした。刀や鍋を作る時のような熱い金属の匂いが漂っています。そして、吐き気をもよおすくらい焦げた臭いもしました。村長は口と鼻を塞ぎながら尋ねました。

「一体、これは何です。あんな大きな獣が簡単に倒れるなんて……」

「いろいろな手間を省く武器だ。これならばあの白い怪物を倒すこともできるだろう」

貴族は山の上から見下ろすマムウたちを見上げて笑いました。その目がぎらついています。生き物の血の香りにとり憑かれた目でした。

貴族たちの一行を目にしても、マムウたちは逃げませんでした。ただ、じっと人間たちを見つめていました。砂漠の民は、なんて鈍い獣だと笑いました。

馬はマムウを恐れて進もうとしなかったので、貴族たちは嫌がる村長を引きずるようにして、歩いて山を登っていきました。

少女と犬が象の死体が転がる場所に辿り着いた時、山の上から歓声が降ってきました。見上げると、白い大きな塊がゆっくり岩肌を落ちていくのが見えました。岩を割るような音が何度も響き、ひとつ、またひとつと白い巨体が落ちていきます。落ちていくマムウの青い眼が少女を見ていました。燻った臭いが辺りに漂って、頭が割れそうです。

少女は逃げました。他の山の生き物と同じように、必死になって臭いと音の届かないところまで逃げました。

　そして、暗くなるまで森の奥に潜み、夜になると小屋に戻って犬と震えました。

　村長が言った通り、マムウが死ぬと毛皮は黄色くなってしまいました。

　少女が纏うような雪の輝きはありません。ぱさぱさとした藁のような毛皮です。

　そして、その毛皮は嫌な臭いがしました。

　砂漠の貴族は怒り狂いました。まるで、自分が山と少女から見下されたように感じたのです。貴族は家来を使って少女を探しました。けれど、少女は耳も鼻もいい上に、小さくて敏捷だったので捕まりません。

　山の生き物は砂漠の民の匂いが嫌いでした。彼らはこの山のものとは明らかに異質な匂いがしていました。砂漠の民が山に入ると、空気は恐ろしいほどの静けさに包まれました。貴族の家来たちはこの山は呪われていると恐れだしました。

　貴族は家来たちの意気地のなさをなじりました。そして、自ら山に登り、マムウを撃ち殺し、その首を自分のテントに飾りました。

　数日経って、マムウの首から眼が落ちました。貴族はそれを拾いあげて、その青色に一瞬で魅せられました。その青は貴族が知っているどんな青い宝石より美しく輝いていました。そして、どんな石より清冽でした。透明なのに奥から光を放ち、ぞっとするくらいの深みがあります。鮮やかな石はいくらでもあるけれど、こんな色は見たことがない。何日も貴族を悩ませていた苛立ちが、マムウの眼に溶けてなくなりました。代わりに貴族の心には狂おしいくらいの欲が生まれました。この青で自分の砂漠の屋敷を埋め尽くしたい。そう思うと、いてもたってもいられなくなり、貴族は銃を摑むと家来を呼びました。

それから、毎日、砂漠の民はマムウを殺し続けました。もう毛皮にも肉にも目をくれません。眼をくりぬくと、死体を踏み越えて、次のマムウを探します。

そのうち、山はマムウの死体でいっぱいになりました。火薬の臭いが、風に乗って毎日流れてきます。少女は森の奥に逃げ、震えて暮らしました。山の生き物たちの恐怖で空気は張り詰めています。けれど、マムウの悲鳴は一度も聞こえてはきませんでした。ただ、銃声だけが山に響き渡っていました。

やがて、放置されたマムウの死体が腐りはじめました。たくさんの死体が腐る熱で山の氷は溶けました。マムウの死体は氷水と混じり、赤黒く泡立ちながら山肌を流れ、川を腐らせました。腐った水を吸った植物は臭い実をつけ、ぶよぶよと膨らんだ葉を散らしました。腐った水を飲んだ山の生き物たちはどんどん死んでいきました。そして、その死体がまた腐り、土と混じって山全体がぐつぐつと腐敗していきました。

そうなって初めて、村人たちは焦りだしました。やっと、なんとしてでも砂漠の民を追い出さなくてはいけないことに気付いたのです。村長が貴族のテントに行くと、貴族の天蓋つきの寝台はマムウの眼で青く染まっていました。数え切れないほどの眼に埋もれるようにして貴族が横になっています。

村長が近付くと、貴族は焦点の定まらない目で言いました。

「まだまだ足りない、まだまだ必要だ」

青い光に照らされたその顔は、血の気を失い土壁のようでした。生気がまったく感じられません。

村長はぞっとしました。

「あんたはなんてことをしてくれたんだ。山が腐ってしまった。山を元に戻してくれ」

「眼球を戻して獣が生き返るか？　もう無駄だよ。腐っても、やがて全ては乾く。私の故郷のようにな」

村長はやっと気がつきました。彼ら砂漠の民がそう呼ばれるのは、元々砂漠に生まれたからではないことに。彼らこそが砂漠を作っていたのです。

村長は震えながらテントを出ると、腰の小刀を抜き、自分の喉を突きました。それが彼にできる村や山へのせめてもの謝罪だったのです。崩れ落ちた村長を見て、村人たちは騒ぎだしました。泣き叫ぶ者もいれば、怒り狂って砂漠の民に摑みかかる者もいます。大変な騒ぎになりました。誰かが、テントに火を放ちました。火の力に勢いを得て、騒動はどんどん大きくなっていきました。

貴族の家来たちはこの陰気な山にほとほと嫌気がさしていたので、混乱を止められないと嘘をついて、無理矢理に貴族を連れて逃げだしました。村人たちは勝ち誇りました。けれど、その時にはもう村の畑にも腐った水は流れ込んでいたのです。

畑の植物を口にした人々が病にかかっていきました。山で死んでいる動物を食べた者も、川に浮かんだ魚を食べた者も、皆、生きながら体の端から腐っていきました。

少女は片言の言葉を使って、村人たちに何も口にしてはいけないと言いました。自然の中で育った少女は、山の食べ物も畑の野菜ももう臭くて口にすることができません。少女はその臭いが何であるかよく知っていたのです。僅かに漂う腐臭の先には確実な死がくっきりと見えました。

「では、どうやって生きろというのか、死ねというのか」

そう言われると、少女には返す言葉がありません。黙ってしまった少女を村人たちはなおも怒鳴りつけました。

「あんたは山を救ってくれなかったじゃないか」

少女は村を去りました。土が腐り、森が腐り、川が腐り、死んだ植物や人間や生き物がまた腐っていくのを少女は山の上から見つめ続けました。山も村もどんどん赤黒く染まっていきます。山の上はマムウの溶けた死体でいっぱいでした。泥と肉が溶け合った赤黒い土のいたるところから白い骨が突きでています。マムウの骨は胸が痛くなるくらい真っ白でした。地面はぶくぶくと沸きたっています。もう雪はありません。四六時中、なまぬるい風が足元から立ちのぼってきます。あまりに酷い臭いで少女の頭は麻痺(まひ)してしまい、もう何も感じません。喉の渇きも、空腹も感じません。ただ、ただ、毎日、全てが腐っていくのを見つめ続けました。

ある日、少女の犬は空腹に耐えきれなくなって腐った肉を口にしてしまいました。白い犬は項垂(うなだ)れながらも、少女の足元にひれ伏しました。そして、少女の指先を少し舐めると、黒い血を吐きました。内臓が全部でてしまったのかと思うくらい、たくさんの血を吐いて、犬は死んでしまいました。

犬の吐いた血の中に白く光るものが混じっていました。少女は震える手でそれを拾いました。なめらかな光沢を持ったそれは、あの銀色のマムウの眼でした。少女の頭の中でマムウのまとう静かな空気が蘇りました。少女の胸はもうこれ以上ないくらい哀しみでいっぱいになってしまいました。

少女は白い犬の死体が腐っていくのを見届けることはできませんでした。悲鳴をあげ、山を駆け下りました。足が生温かい肉や土に埋まり、何度も転びました。

泥と血に汚れて、少女はあの蝶の死体を思いだしました。あの乾いた美しい死体を。

決して腐らず、塵となって風に散る慎ましい死体。彼らなら何も汚しはしない。大きな大きな山はもう終わっていました。山の全てが滴り、崩れ落ち、煮えたっていました。どこにも行くことができなくなってしまった熱い命が渦巻き、のたうっていました。乾いた塵になってしまうには一体どれだけの時間がかかることでしょう。

もう、これ以上、この山を汚したくないのです。死ぬのは構いません、けれど、私の体を腐らないようにして下さい。マムウたちの体を腐らせないで下さい。マムウたちはこんなところに行くべきではないのです。彼らをもっと静かで冷たい場所に帰して下さい。お願いします。もうこれ以上、彼らを汚さないで下さい。

少女は生まれて初めて祈りました。この腐ってしまった世界の奥底で幽かに流れ続けるものに向かって呼びかけました。答えなど返ってこないことは知っていましたが、祈らずにはいられませんでした。流れは誰にも揺るがすことはできないのです。どんなに美しい魂が在ろうとも、どんなに惨い出来事が起きても、どんなに生き物が死のうとも、どんなに人が殺し合おうとも流れは止まりません。

長い時間が経ちました。疲れきった少女は立ち上がり、小屋へ向かいました。そして寝床の下から蝶の翅の入った箱を取りだして、一枚一枚口に含んでいきました。少女の唇の上で蝶の翅は乾いた音をたてて崩れていきました。光る粉が暗闇で瞬きました。それは、マムウの周りで光っていた雪の欠片を思わせました。いつもマムウが見ていた世界です。少女は久しぶりに微笑みました。

少女はマムウの青い眼もひとつひとつ眺めて飲み込んでしまうと、銀色のマムウの白い眼を握りしめ、丸くなって目を閉じました。

やがて、透明に光る糸が少女の口からでてきました。細い細い糸でした。糸は幾重にも少女を包みました。

丸く白い繭の中でゆっくりと少女の体は溶けていきました。

何十年も経ちました。山はすっかり崩れ果て、一度は死んでしまったかのように見えました。何年も何も育たず、訪れる者もいませんでした。けれど、時々雨が降りました。雨は長い時間をかけて土を洗いました。そして、毒は抜け、植物が育ちはじめました。けれど、そこにはもう険しい山はありませんでした。雨に流されてなだらかな台地になってしまいました。

繭は土に埋もれるようにしてありました。何十年経とうと雪のような輝きは失われませんでした。

そして、ある日、少女は目覚めました。眠る彼女の耳に命がぷちぷちと弾ける音が届いたのです。

繭を破り、少女は時間をかけて折りたたまれた体を伸ばしました。

もう少女の体はもとの少女のものではありませんでした。彼女の新しい体は青く光る繊維と粉でできていました。体は軽く、柔らかな風でたやすく舞いあがることができました。

その薄い体は空気中の僅かな震えも感じることができました。新芽が勢いよく起きあがる音、蜜蜂の唸り、日光で温まった土が放つ蒸気、植物が吐きだす息、世界の全てが流れ込んできます。世界の歌が触れられそうなくらいはっきりと響いています。

その中に少女は青い旋律を見つけました。髪飾りのような美しい体を動かしてみると、自分からも青い旋律が放たれました。世界の歌に重なり、絡まり合いながら流れていきます。

やがて、緑の大地のずっとずっと向こうに、彼女は自分と同じ震えと羽ばたきを感じました。甘い花の匂いもしてきます。

彼女は澄んだ空気の中に飛びあがりました。生まれて初めて、寂しいという気持ちが湧きあがったのです。同じ震えを持つものに出会いたいと思ったのです。

太陽の光が彼女の体に力を与えました。翅の輝きはどんどん増していきます。青い蝶は空に溶けてどこまでも飛んでいきました。

モノクローム

Monochrome

我々は罪人（つみびと）である。

起床は朝六時半。小さな窓から差し込む光はまだ青く、灰色の床を冷たく浮きあがらせる。起床の鐘が鳴り響くと、床に膝をつく。

我々は各々の部屋で、壁の十字に頭（こうべ）を垂れ、一心に祈る。我々は自らの罪深さを認識し、改悛（かいしゅん）を誓う。

外からは鳥の声が聞こえる。鳥たちは高く細い声でせわしなく鳴く。鳥の声の他には、外からやってくるものはない。差し込む日の光がだんだん白く強くなっていくだけだ。

かたい布でできた粗末な作業着に腕を通す。時計も装飾品も髪油も香水も、ここで織った布と木をくり抜いて作った靴以外、身に着けるものはない。我々には個人をあらわす持ち物は一切存在しない。金銭はおろか、櫛（くし）一本たりとも所有していない。ここに入る時に全てを手放してきた。我々には名もない。

身支度を終えると、我々はぞろぞろと廊下を進む。木靴たちが一斉にかたい音で鳴る。

食堂の天井は高い。大きな部屋の中央に長いテーブルが三本、大蛇のように横たわっている。

ここでは、自給自足が基本理念である。朝食は畑の間引き菜のスープと決まっている。雪が降れば燕麦の粥。鶏たちの機嫌がよければ卵がつくこともある。

祈りを捧げ、木の匙を手に取る。食事中の私語は禁じられているので、咀嚼音のみがぴちゃぴちゃねちねちと湿った音をたてて高い天井に反響する。

平素も、我々に許された言葉は限られている。神を冒瀆する言葉は厳禁、汚い言葉も感情を露にする言葉も禁止されている。笑うことも怒ることも泣くこともいけない。歌や歓声などもってのほかだ。祈り、事実の確認と復唱、そして、肯定の意を示す敬語は口にしてもよいとされている。唯一、口ずさんでもいいのは神を讃える歌だけである。

何故か。その問いすらも禁じられている。我々に思考は必要ないからだ。

罪人である我々はここの決まりをひたすら遵守すべきであり、赦される道はそれしかない。ゆえに我々は規則と神に従う。

我々は労働する。

日曜の朝の礼拝と食事と排泄と睡眠、そして週一回の入浴。それ以外、休むことはない。太陽が沈むまでは、土を耕し、農作物を育て、家畜と蜜蜂の世話をして、穀物を挽き、布を織り、陶器を焼き、壊れた家具を直し、日々の掃除洗濯炊事を行う。木や硝子や布で注文のあったものを作ったりもする。

作業をする時、我々はそれぞれの役割に応じて、手になったり、足になったり、頭になったりする。ひとつの大きな塊となり、ここのために働き、ここでの生活を循環させる。今日蒔いた種が長い冬の食料になり、何十年も前に挿し木された枝が今日の薪になる。我々はここを昨日から明日へと繋ぐ歯車であり、ここに完全に含まれている。

そんな感覚は外の世界では味わったことがなかった。

外の世界は広すぎた。あまりに広いせいで神の目は届かず、罪を認識することもなかった。それが罪と知らずに自我と欲望にまみれて生きていた。

針葉樹の林に囲まれた灰色の建物。音すらもれないここは完全に閉じている。外に向けたものは必ず己に返ってくるようにできている。

だから、我々は口をつぐむ。

夜の冷気が石造りの壁に浸み込むと、我々は各々の小部屋に戻り、床に膝をつき頭を垂れる。一日の最後の祈りを捧げ、目を閉じ眠りにつく。

雨の日は菓子を焼く。

畑に出られないからだ。

卵と蜂蜜と小麦粉を練りあわせた生地を薄くのばして、ここの紋章を捺して焼きあげる。素朴なこの焼き菓子は外の世界では評判が良いようで、最初は油紙に包んで麻紐で巻いていただけだったが、近年は紙箱に詰めて白い紙で包み青いリボンをかけるようになった。白と青という清潔感が大事だそうだ。

青いリボンは眩しい。空を切り取ったような色をしている。眺めていると頭の中いっぱいに広がって、辺りの景色を霞ませてしまう。霞ませるだけならまだいいのだが、湿っぽい雨の降る薄暗い日は、石壁や床がいつも以上に薄汚れて陰気に見えてきてしまう。

ここには色がない。白黒写真の如く、陰影しかない無彩色の世界だ。けれど、色の無さにも色がある。ここに来て、一言で灰色といっても様々な色があることを知った。埃っぽい灰色もあれば、冷たい灰色も光沢のある灰色もある。雪国に住む民は何百という雪の単語を知っているという。そんな風に、ここにいると無彩色の見分けが非常に細かくできるようになっていく。そんな我々の目には青いリボンは眩しすぎる。

青いリボンはここには馴染まない。広大な外の世界のものだと思わせられる。

我々は、清潔感を重視したという青いリボンから目を逸らし無言で手を動かす。我々の手は節くれだっていたり、爪の中が黒かったり、ささくれや傷痕があったりする。白い包装紙と青いリボンはきめ細かく染みひとつない。汚れた我々の手を拒むように凛と在る。我々の手がこんなにも汚いのは我々が罪人たる所以であろうか。目を逸らしても、そんなことを考えてしまう。

嵐がやってくる日もあるように、我々の規則正しい生活も乱れることがある。

時折、我々の一部はぷちりと離れてしまう。自我を得てしまった元我々の一部は泣き叫び、時には狡猾に、ここからの逃亡を企てようとする。

だが、その企てが成功することはまずない。

我々は作業の手を止め、捕まった元我々の一部をぼんやりと観察する。感情を復活させた元我々の一部はなかなかに見苦しい有様だ。動揺や恐怖を隠しきれないその姿は非常に不完全に見える。

元我々の一部は「許してくれ」と叫ぶ。見守り人が腕を取る。彼らには聖人の名がついている。

長身のペテロが「地下ですね」と静かに呟く。縮れ毛にそばかすのフィリポが億劫そうに「地下だな」と応じる。

元我々の一部の顔がひきつる。その顔をペテロが覗き込む。

「ここは革新的な院なのです。暴力や強制は私たちの望むところではありません。私たちの信条は神の導きと規律によってあなた方をお救いすることです。さあ、自らの足で進んでいただけますね」

背後では、がっちりした体軀のフィリポが睨みをきかせている。

元我々の一部は立ちあがり、見守り人に挟まれてのろのろと去っていく。

しばらくは我々の間にも不穏な空気が漂う。けれど、それもすぐに作業にまぎれて消える。そうして、同じ繰り返しの日々が続いていく。

我々は欠けても増えても変わらない。


ここには例外も存在する。

最初から我々の一部ではなかった者たちだ。もしくは病んでしまった者たち。

彼らは労働をしない。地下にいる。地下の部屋は窓がなく、灯りも点らず、昼も夜もない闇に覆われているそうだ。

見守り人たちは、「自らを省みるために地下に行っていただきます」と言う。けれど、帰ってきた者たちは「二度と行きたくはない」と口をそろえる。地下は骨が軋むほど寒く、黴臭い。日時の感覚が失われはじめると、誰もいないはずの暗闇から声が聞こえてくるそうだ。その声は最も聞きたくない言葉を囁くという。

死だろうか、と我々は思う。我々は死が恐ろしい。

あなた方が罪を償う方法はもう死しかありません。そう、見守り人たちが言いださないか、常に怯えている。

地下から帰ってきた者たちは否定も肯定もしない。ただ、死より怖いものもある、と言いだす者もいる。自分が生きているか死んでいるかわからないくらい暗いんだ、あそこは。呟くその目は確かに昏く、ここの抱える陰影の深さを知る。

その地下から、ある日、男がやってきた。

男がいつここに来たのか、どれくらい地下にいたのか、知る者はいなかった。痩せて頬のこけた男だった。我々は髪型も服装も皆同じだ。目立った身体的特徴のないその男はすぐにまぎれてしまうかと思ったが、一週間たっても男はどことなく我々から浮いていた。

作業部屋で、男は硝子と樹脂を使って丸いものを作っていた。

「目玉を作れと言われてさ」

痩せた身体に似合わぬ深い声で男は言った。

「義眼さ。幼なじみが人形を作っていて、見よう見まねで、俺も少しは、な」

男の手元からころりころりと玉が転がる。それは確かに眼球で、茶や緑、青の虹彩があり、どれも濡れたような光沢があった。誰かが地下の部屋について尋ねた。

「別に」と男は言った。

「外に出た時、ちょっと眩しかったくらいだな」

恐ろしくはなかったのかと問われて、「何がだ?」と男は口の端で笑った。

「神か? 悪魔か? 死か? 孤独か? 俺は怖いものなんかない。死はいつかくるし、人は生まれつき孤独だ。悪魔は神が自分を正当化するために作ったもんだ。その神ですら本当はいないしな」

　我々の誰かが言葉遣いをたしなめたが、男は一向に気にした様子もなく続けた。

「さっき言っていた俺の幼なじみの話だが、そいつはたくさん人形を作ってな、どれもえらく精巧にできていてさ、俺はそいつが人間を作りだした神様みたいに見えた。でもな、そいつ死んだんだよ」

　男は眼球をひとつ摘みあげ、窓からの光にかざした。

「作り物のこれにさ、宿ったんだよ。命と意志が。そして、まっすぐ見返してきた。そいつはそう言った。怖くなったんだろうな。きっと、自分の生みだしたものに耐えられなくなったんだろう。自分で、死んだ。だからさ、もし人間を作った神様がいたとしても、俺はそいつはもう死んでんだと思うんだよ。そうじゃなくても、人間はもう神様の手を離れているさ」

　男はよく喋った。見守り人がこちらを見たので、話を逸らそうとして訊いた。

「あなたは何をやっていたんです」

「俺は本を書いている」

「書いている？」

「ああ、今も書いている。ここで」

　男はこめかみに人差し指をあてた。

「どこにいたって俺は自由さ。好きな音楽を聴き、好きなことを妄想する」

「音楽？」

「ここで流している」

男はまた自分のこめかみに手をやり、指先でとんとんと叩いた。

「闇は都合がよかった。音も言葉もくっきりしていた。光はうるせえな」

そう言うと、男は格子窓から差し込む日の光に目を細めた。その顔を見ると、ふいに煙草(タバコ)の味を思いだした。


ある朝、食堂に行くと長いテーブルに無数の白い線があった。

線は白墨で描かれていた。曲がったり、途切れたり、とぐろをまいたり、はねたりしている。幾人かが線を辿りはじめた。テーブルの横を歩きながら、頷いたり、口元を覆ったりしていたが、テーブルの端まで行くと肩を震わせた。堪(こら)えきれないというように笑いだした者もいた。

遠巻きにしていた見守り人たちが駆けつける。テーブルを見ると、血相を変えて白い線を布で消しはじめた。

「なんだ、お前ぼかんとして」

いつの間にか、地下から来た男が後ろにいた。

「あれはなんですか」

「へ？」

男の方がぽかんとした顔をした。

「あの、白い線です」

「ああ」と男は顎を触りながら頷いて、「文字だよ」と言った。

「文字」

「知らねえのか」

「あれがそうなのですね。読めません。みんな、何もないのに、どうして笑っているのですか」

まだ腹を抱えている者がいた。名残惜しそうに消されていく線を見つめる者もいる。わからなかった。あの糸虫がのたくったような線が、一体なんだというのだろう。

「あるさ。記せば存在させられる。それが文字だ」

「なんでも？」

「ああ、なんでもだ。文字はなんだってできる。なんだって生みだせるんだ。なんだってな、許されるんだ。自由だからな」

「赦される？」

「そうだ。こんなところにいなくたっていい。神に祈らなくたっていい」

男が真正面から見つめてきた。

「教えてやろうか」

背中がぞくっとした。その目に宿る光に。いや、それは炎だった。色のないこの世界でぎらぎらと火が燃えていた。

「お前は知らなかっただけだ。与えられてなかったんだ。文字を知っていたら、お前だって罪を……」

「配膳係！　今日の配膳係は誰だ！」

白い線を消し終わった見守り人が叫んだ。

我々は一斉に男を見た。男は声をあげず口元だけで不遜に笑った。

「あのような戯れ言を書いた意図を聞かせていただきますよ」

ペテロはいつものように静かに言ったが、その静けさの中には抑えた烈しい怒りが見え隠れしていた。

「戯れ言じゃないさ。あれはな、風刺っていうんだよ。愉しめただろ？」

男は愉快そうに我々を見まわすと、素直に見守り人に従った。

そのまま男は二週間帰ってこなかった。

地下から戻った男はやはり痩せていたが、特に変わった様子はなく、相変わらずあれこれ喋りながら義眼を作った。

けれど、今度は便所の壁に文字を書いた。見守り人が気付くまで、作業中に便所に立つ者が続出した。見守り人たちが「卑猥な」と顔をしかめた文章を、男は「官能だ」と笑い飛ばし、また地下に送られた。

今度は一ヵ月だった。帰ってきた男は限られたものしか触ってはいけないことになった。鉛筆やペン、石炭、白墨や筆といったものはことごとく禁止された。

それでも、男は諦めなかった。布に糸で文字を縫いつけ、針葉樹の皮を剝ぎ幹に彫りつけ、小石を文字の形に並べ、畑の土を黒板代わりに我々に文字を教えた。

男は言葉遣いこそ荒かったが、手先が器用で賢かった。そして、知識が驚くほど豊富だった。効率的に作業を進める方法を提案し、新しい肥料も考案して収穫率はあがった。鶏は毎日卵を産むようになった。寒さに強い種を選び、果樹園も作った。果物は我々の食卓に彩りを添えた。男が考えた檸檬を使った焼き菓子は飛ぶように売れた。

けれど、我々は徐々に分裂しはじめた。自分は罪人ではない、社会が悪いのだ。そう言いだす者が現れ、地下に送られた。男と語り合ううちに泣き崩れる者もいた。悲しみに暮れ作業意欲を失う者、自死をはかる者、自虐的になる者、男に官能小説をねだる者、目に輝きが宿る者、自らの意見を口にする者、記しはじめる者。それぞれの持つ光や闇を文字は増幅するのだと思った。

うすぼんやりした灰色の塊だった我々にくっきりと明暗がつき、ある者は白く光り、ある者は闇のように黒くうごめくのだった。男はそれらを希望や絶望というのだと教えてくれた。

季節は何度も巡った。その間も男は文字を記しては地下に送られ、また帰ってきては書くのを繰り返していた。我々は増えたり減ったりした。

ある雨の日だった。今にもみぞれに変わりそうな冷たい雨だった。

我々は薪をあかあかと燃やして、菓子を焼いていた。部屋は熱い檸檬の香りでいっぱいだった。

ふいに扉が乱暴に開かれた。刺すように冷たい風が吹き込んで、真っ白な顔をした見守り人たちが入ってきた。見守り人たちが耳慣れない言葉を叫んだ。

焼き菓子の包装をしていた男がゆっくりと立ちあがり、我々はその言葉が男の名なのだと気付いた。

「ようやく出版されたようだな」

穏やかな声だった。かすかな溜め息(いき)が男の口からもれた。

次の瞬間、男は痩せた身体を曲げて大声で笑いだした。

「なんだ、あんたらの顔。いまさら、血相変えても遅いんだよ。でたんだろ、俺の本。

快哉（かいさい）を叫べ！　同志たちよ！」

「黙れ」

　真っ赤な顔をしたフィリポが男の胸ぐらを掴む。男の身体が持ち上げられ木靴が乾いた音をたてて床に落ちた。

「お前、一体どうやって文章を外に送った!?　吐け！　さっさと吐け！」

　他の見守り人たちが慌ててフィリポを止めようとする。男はなおも笑いながら言った。

「あんたら、俺の落書き探しに夢中でまったく気がつかなかったもんな。あんな悪戯書きは目眩（めくらま）しだよ」

　フィリポが男を床に叩きつける。男の身体は作業台にぶつかり、衝撃でリボンや焼き菓子が床に落ちて散らばった。男は立ちあがると白い包装紙を手に取った。

「ほら、読んでみろよ」

　ストーブの蓋を開け、白い紙を燃えさかる火の前でふる。薪が大きく爆（は）ぜた。炎に煽（あお）られて紙がひるがえり、茶色い文字が浮かびあがった。

「あぶりだしだよ。この檸檬の汁でな」

　黄色い檸檬を掴み、フィリポに投げつける。それは見事に彼のそばかすに包まれた団子鼻を直撃した。見守り人たちが怒り狂うフィリポと笑い続ける男を押さえつける。

　ペテロが冷ややかな目で男を見つめた。

「覚悟はできているみたいですね」

男は床に唾を吐いた。

「はっ、白々しい顔しちゃってよ。あんた、俺の描いた男のケツを掘る話がずいぶんとお気に入りだったじゃねえか。鞭や蠟燭や浣腸がでてくる話もな。こっそりと鉛筆をくれてよ、もっと書けとせがんでいたよなあ。いいよね、変態。俺そういう欲望に正直な奴って大好きだよ。あんた、肉付きのいい褐色の肌の男が大のお気に入りでさ、この中だったら……」

ペテロは顔色を変えず、自分の腰に手を伸ばした。鋼の棒を掴み、男の首の後ろに振り下ろす。

ごきゅっと、柔らかい肉の下で骨が砕ける音が響いた。部屋は静まり返った。

「事故だ」

ペテロが静かに言うと、見守り人たちは男の身体から手を離した。じゃがいもの入った麻袋を床に落とした時のような音がした。

「あの」と誰かが言った。「彼は……」

「彼は思想犯です。社会の悪です。彼の言葉は人を惑わし、秩序を乱します。今後一切、彼の話をすることを禁じます」

我々は床を見つめた。男は青いリボンにまみれて息絶えていた。けれど、彼の言葉はここから飛びたち本になった。我々は、確かに、そう聞いた。

「菓子の製造も中止します」

我々は各々の小部屋に戻された。

誰も男の死に祈りを捧げる者はいなかった。代わりに我々は男の名前を心に刻んだ。彼に教えてもらった文字で一字一字くっきりと頭の中に書いた。

小さな格子窓から外を眺める。鳥の声が聞こえる。鳥の名は男から教えてもらった。世界の全てに名があることを、自由につけてもいいことを、我々はもう知っている。

針葉樹の林の向こうに灰色の壁が見える。高い高い塀がそびえたち、この刑務所をぐるりと取り囲んでいる。

もしここを出られることがあれば。

我々のうちの誰かはきっと可能だろう。我々は確信する。

我々はきっとあの男の本を見つける。あの男が命をかけてつむいだ文字を辿り、あの男の言葉が生きていることを知るだろう。

その時、この世界に色が宿る気がした。

アイズ
Eyes

「ねえ、まる」

「なあに、てん」

「夜は分けられないね」

「だから、一緒に過ごすのよ」

「そうだね。月は？　星は？」

「星はたくさんあるから分けっこしよう。このマーブルチョコみたいに」

「じゃあ、まるには赤いのをあげる」

「アンタレスみたい」

「さそり座の？」

「うん。さそりの赤い心臓、アンタレス。てんには、黄色をあげるね。あの強くあかるい、わし座の星」

「アルタイル」

「名前が似てるね。アルタイルとアンタレス」

「ほんとうだ」

「なんかうれしい。はい、黄色」

「うれしくておいしい。はい、赤色」

「おいしいね。わたし、チョコレートは舌で溶かして食べるの」

「ぼくも。ねえ、でも、水色と緑色はどうしよう」

「それは天の川と森」

「じゃあ、ピンクと茶色は、花と土だね。オレンジはぼくらが敷いてるこの毛布」

「マーブルチョコレートの世界」

「点描画みたいだ。ぜんぶ二人で分けあおう」

「うん。夜はわたしたちのものだね」

「みんな寝てるから、ぼくらだけのもの」

「でも、てん、月はどうしよう」

「月はひとつしかないから分けられないよ。だから、こうして一緒に見るんだよ」

「ずっと？」

「そうだよ」

「これからも、ずっと？」

「どうしてそんなことをきくの」

「不安になったから」

「どうして不安になんてなるの」

「仲良しだねって言われるから」

「ぼく、それ嫌いだ」

「わたしも嫌い」

「そんなんじゃないのに」

「そんなんじゃないよね」

「でも、そんなんじゃなくもない」

「うん、そんなんじゃなくもないけど」

「言葉にされたら特別になってしまう」

「わたし、特別はいらない」

「ぼくもいらない。これが当たり前なんだから、特別になんかして欲しくない」

「でも、言ってもわかってもらえない」

「誰もぼくらなんか見なきゃいいのに。草や木や石ころと同じに放っておいてくれたらいいのに」

「ほんとうに」

「夜にずっといたいね」

「うん、いたい。ねえ、てん。わたしたちは恋人になればいいの？」

「ちがうねえ。だって、ぼくらには、はじまりも終わりもないもの」

「じゃあ、友達になればいい？」

「ちがうよ。だって、ぼくはまるのすべてをもう知っているもの。友情を育んでいく必要なんてないもの」

「わたしもてんのすべてを知ってるよ」

「仲良しなんて言葉は、仲良しじゃなかったときがあるみたいで嫌だな。ぼくはまるを見たときにぼくになったから」

「わたしもてんを見たときにわたしになった。てんの目にわたしが映っていたから」

「まるの目にもぼくが映っていたよ」

「鏡みたいに」

「そう鏡みたいに。まんまるの鏡、まんまるのまる」

「もう」

「でもね、ほんとうに、まるはまるなんだよ。恋人でも友達でも家族でもなくて、ぼくにとっては、まるはまるなの。まるの場所はまるにしかうめられない」

「でもね、変なんだって。いつかは離れなきゃいけないんだって」

「みんな言ってる。クラスの子も近所の子も、きっとお母さんやお父さんも」

「誰が言ったの？」

「兄さんも姉さんも？」

「家族のみんな、思ってる。まるとてんは変だって」

「どこが変なんだろう」

「まるはてんを、てんはまるしか見ていないとこ」

「そんなことないよ、まると世界を見ているよ」

「なんでも分けあうとこ」

「人形の目をくりぬいて分けたこと、まだ言っているのかな」

「しかたないよ、わたしにしかくれなかったから」

「ねえ」

「まるとてんは同じ家で生まれた家族だから、いつかは離れなきゃいけないんだって。いつまでも世界を分けあえはしないんだって」

「まるはちがうよ。家族だけど、ちがう」

「でも」

「ぼくらのかたちに枠はいらない。どんな言葉もいらない。言葉を知る前に、ぼくはまるのいる世界を知っていたんだから、言葉なんて追いつけないよ」

「でもね、言葉は追いかけてくるの。ねえ、てん、青い糸って知ってる?」

「知らない」

「まるとてんはね、青い糸で結ばれているんだって」

「赤い糸じゃなく?」

「だって、まるとてんは運命の恋人ではないんでしょう」

「うん。青い糸はなに?」

「ひとでなしの証なんだって」

「ひとでなし」

「血がつながった人しか愛せないのは、つめたい青い血が流れているから。青い血で結ばれた、ひとでなしの二人。互いに小指をささげあう秘密の誓い」

「そう言われたの?」

「うん」

「誰に?」

「わからない。手紙で。糸のかわりに青いリボンが入っていたよ」

「ぼくは傷つかないよ」

「わたしも傷つかなかったよ」

「青いリボンで小指を結んで、ゆけるところがあるのなら、ぼくはそこにゆきたい」

「わたしもゆきたい」
「ゆきたいね」
「ねえ、てん」
「なあに、まる」
「ときどき思うの」
「ぼくも思う」
「こんな満月の夜は」
「こんな銀色の光に満ちた、誰もいない真夜中は」
「ほんとうはてんはいなくて」
「ほんとうはまるはいなくて」
「わたしは」
「ぼくは」
「鏡を見ているんじゃないかって」

ワンフォーミー・ワンフォーユー

Tea leaves

わたしがあなたに出会ったとき、あなたはまだほんの子供に見えました。あなたは草花で染めた糸で織った飾りけのない布をまとい、ことことと鳴る奇妙な履物で近づいてくると、わたしの台の前で足を止めました。黒いおさげが揺れながら下りてきて、榛色のふたつの瞳がわたしを見つめました。

こんな子供、冗談じゃない。

正直な話、わたしはそう思ったのです。大人しそうではあっても、子供は子供、子供の手になんか渡ったら幾日もしないうちに割られて終わりです。

だから、積まれたココット皿とティーカップの間で身を潜めておりました。そうすれば、手前に置かれた小花柄のティーポットを手に取ると思ったのです。苺や蝶が描かれた、いかにも女の子が好きそうな浮ついたポットでした。わたしは奴の必要以上に湾曲した注ぎ口と気取った性格が大嫌いでしたので、早く売れてしまえ、と念を送りました。

わたしの念が届いたのか、あなたの視線はわたしから逸れて小花柄のティーポットに移りました。けれど、あなたは首を小さく横にふると、またわたしを見つめました。なんの模様も装飾もないわたしを。

「ずんぐりしたポットだね」と、あなたの父親が無礼なことを言いました。

地味で武骨な外見のわたしですが、性能には自信がありました。わたしが生まれた国は、「茶とともに朝が明け、茶とともに一日が終わる」と言われるほどに茶を好む人が多いことで有名でした。人々はなにかにつけては茶の時間をもうけ、日に七、八杯も茶を嗜(たしな)みます。わたしは一日に何杯も何杯も美味(おい)しい茶を淹れられるように作られた頑丈で特別なポットでした。きめ細やかな土を丹念に練りあげ、じっくりと焼かれたわたしの体は誰にも負けない保温力を持っています。茶をゆっくりと美味しく味わいたい。そういう人間の元に行くのがわたしの願いでしたし、わたしの使命でもありました。少しでも茶に通じた者ならば、わたしを選ぶのが道理と信じていました。だから、多少、埃をかぶっていたとしても、わたしには早く売れようなどと焦る気持ちは微塵(みじん)もありませんでした。

あなたは手を伸ばし、わたしの体を撫でました。

その瞬間、わたしは気づきました。あなたの歳に似合わぬ落ち着いた物腰と、きめ細やかな肌に。わたしを作った泥のような、しっとりとした肌でした。あなたの小さな手はなめらかに動き、わたしの体の曲線をなぞりました。注ぎ口へと指を這わせ、持ち手をそっと握り、蓋の突起を軽くつまみ、最後に小さな両手でわたしを包みました。

「この丸み」と、あなたは言いました。

「きっと茶葉がたのしく踊るわ」

あなたの声は大人びていました。あなたは子供である前に、自分の目で物事を見ることができる個体でした。ここで言う目というのは、わたしを見つめていたあなたの榛色の瞳のことではありません。わたしには目がありませんけれど、四方を見ることができますし、鼻も耳も脳みそも心臓もないけれど、世界を感じ、ものを考えることができます。そういう意味での目なのです。

あのとき、わたしの目はあなたの過去を見ました。あなたが一年前に母親を亡くしたこと、父親の仕事でこの国にやってきているということ、そして、あと数日で自国へ戻るということも、すべてはあなたの指から伝わってきたのです。

あなたの指は特別な指でした。

特別なわたしと、特別な指を持つあなたが出会ったのです。なにを恐れる必要があったでしょうか。生まれた国を離れ、海を渡ることに、わたしは少しの躊躇いも覚えませんでした。あなたの指が一緒でしたから。

海の向こうの、あなたの国には五色の茶がありました。それぞれ専用のポットがあり、あなたはどの色の茶もそれは見事に淹れることができました。

父親の客人が訪れる度にあなたは茶を淹れました。誰もがひとくち口に含んで目を見ひらきました。客人の賛辞にあなたは恥じらいながら微笑み、客人のカップが空になる前に流れるような動きで茶を注ぎ足します。

——どんなにお金に困っても茶葉だけは良いものを選ぶこと。

——訪ねてきた人には真心を込めてお茶を淹れ、カップは常に温かい茶で満たしておくこと。

あなたの母親は亡くなる前にあなたにそう教えました。あなたはそれを忠実に守りました。客人たちの前にはいつも湯気をたちのぼらせる一杯の茶がありました。けれど、あなたの所作は実に控えめでした。客人たちに気づかれることなく茶を注ぎ足します。まるで自然に茶がわくカップがあるかのようでした。

そんな光景を、あなたの父親は嬉しそうに眺めていました。客人が帰ってしまうと、「ひと息つこうか」とあなたに声をかけます。自分の書きもの仕事に区切りがついたときも、大学での授業を終えて帰ってきたときも、同じ言葉をあなたにかけました。

あなたは棚からわたしをそっと取りだします。

琺瑯（ほうろう）のやかんを火にかけ、あなたは耳を澄まします。沸騰する直前の湯を丁寧にわたしにまわしかけ、しっかりと温めて水切りをすると、茶の缶をあけました。

茶葉の匂いを嗅ぎ、わたしの生まれた国の言葉で呪文を唱えます。わたしの国にはたくさんの茶のルールがありました。そのルールをきちんと守れば美味しい茶が淹れられるので、いつしかそれは呪文のようになりました。あなたはわたしの国の人々のように、歌うように、気持ちを落ち着けるように、呟きます。

「ひと匙はわたしに、ひと匙はあなたに」

本当は「ワンフォーミー、ワンフォーポット」なのです。茶葉をポットに入れるときの言葉でした。けれど「ポット」と言うところを、あなたは「あなた」とわたしに呼びかけてくれました。そして、スプーンではなく指先で茶葉をすくいます。あなたの指は茶葉の湿り気や柔らかさを感じとり判断します。沸騰してたっぷりと空気をふくんだ湯を注ぎ、あなたは静かに待ちます。わたしのなかで茶葉が踊り、ゆっくりと沈みながら花びらのようにひらいていきます。その音があなたには聴こえるようでした。茶葉が充分にひらき、湯に馴染みきった瞬間、あなたの手が動きます。きびきびと、非情とも思えるような素早さで、温めたカップに茶を注いでいきます。

自分に一杯、父親に一杯、そして、もう一杯。

一滴も残さずに注ぎきると、お気に入りの人形の前にカップとわたしを置いて、父親の元へ行きます。カップの中の茶は夕日のように深い色をして、辺りに芳醇（ほうじゅん）な香りをたゆたわせています。しっかりと濃いのに、ほんの少しの濁りもありません。美しく、澄んだ、紅い水面。金の輪が浮かんでいます。

わたしは満ち足りて、ため息をもらします。
人形はなにも言いません。わたしと違って口も耳も目もあるのに、どうやら魂がないようでした。人形ははじめて会ったときのあなたによく似ていました。よく似た服を着て、黒い髪をおさげにしていました。人形はあなたの母親の形見でした。
二階から父親の声が聞こえます。わたしの生まれた国の言葉で詩を朗読しています。とても良い声です。
――ちいさなコテイジの娘よ、おいで
――きみは一杯の紅茶を飲みたそうだね
――すこしミルクを入れますか
――さあ、本当のことを話しておくれ
あなたはくすくす笑います。わたしは懐かしい言葉に耳を澄まします。空気に溶けていくように少しずつ冷めていく茶の前で、人形も耳を澄ませているような気がしました。
あなたは美しいものが好きでした。高価なお菓子をもらうと、リボンも薄紙も箱も大事にとっていました。部屋を花で飾り、食器が割れたら継いで直して、こまめに掃除をし、丁寧な生活を愛していました。美しいものたちもあなたが好きでした。あなたの特別な指に触れてもらえるのをいつも心待ちにしていました。古い家はものたちの期待と親愛の情でいつも輝いていました。あなたは気づいていませんでしたが。

そんなあなたが、自分のためだけに花の香りのする華やかな茶を淹れるようになりました。頰がほのかに上気して、指は弾むように動いています。恋でした。

あなたが恋をした相手は、父親の生徒さんでした。彼が論文を持って、この家を訪れたとき、あなたはひとめで心を奪われました。いつの間にか、あなたの手足はすんなりと伸び、人形に似ていた顔は亡き母親にそっくりになっていました。茶や菓子を運ぶ姿は優美で、見惚(みと)れない若い男はいませんでした。

茶の香気が満ちた応接間で、あなたたちは見つめ合いました。

わたしとあなたが出会ったときのように言葉は必要ありませんでした。ただ、わたしのときと違い、あなたはめずらしく浮足だっていましたが。とはいえ、あなたの淹れるお茶は変わらず見事で、わたしはない胸を撫で下ろしました。

花の香りの茶を淹れて、あなたはせっせと手紙を書きました。書きあげると、便せんをくるくると巻き、焼き菓子の空き缶にしまったリボンで結びました。リボンは必ず青でした。勝手口からそっと出ると、家の石塀の隙間にそれを差し込みました。息せききって戻ってきたあなたの手には、野の花が結わえられた手紙がいつもありました。

けれど、幸福な時間は長くは続きませんでした。海の向こうの国々との戦争がはじまってしまったのです。わたしの生まれた国も、敵国のひとつでした。

外の空気は不穏なものになりました。さまざまな自由が奪われ、人は思っていることも言えなくなりました。詩や絵画を愛するあなたと父親にとって、その空気はとても息苦しいものでした。美しいものを愛でる人はいつも心が自由でなくてはいけないのです。物価はどんどん高くなり、日用品も不足するようになりました。けれど、誰も文句を言いません。国のために我慢をすることが美徳だという風潮になっていたのです。

あなたはそんな風向きなど意に介さず、いままで通り母親の言いつけを守って、高価な茶葉を買い求めました。ときには、客人と父親のために舶来品の菓子を探しに闇市へと赴くこともありました。

そんな風にして手に入れた茶でしたが、いままでのように喜んでくれる客人ばかりではなくなってしまいました。「贅沢者の非国民め」と捨て台詞を言い、茶に手をつけずに帰っていく人もいました。父親は家に人を呼ぶのをやめました。

空襲の飛行機に怯え、電気もまともに点けられなくなり、人の心は荒んでいきました。勉学どころではなくなり、父親の生徒たちも兵隊として戦地に送られてしまいました。あなたの恋人もそのひとりでした。

あなたはしばらく塞ぎがちになりました。けれど、すぐにいつも通りの生活をはじめました。ないものだらけのなかでうまく工夫をして、蠟燭で書きものをする父親と慎ましく暮らしました。ただ、恋人が戦争に行ってしまってからは、空襲警報が鳴ってもあなただけは避難をしませんでした。暗い台所に座って赤く染まる街を見つめていました。

ありがたいことに、この家に爆弾が落ちることはなく、燃えもしませんでした。

でも、恋人は帰ってきませんでした。戦争が終わり、一年経ち、五年経ち、あなたの娘盛りが終わろうとしても、帰ってきませんでした。

たくさんの縁談をあなたは断り、待ち続けました。

ある日、父親が倒れました。肺の病でした。あなたは看病をしながら、父親の翻訳の仕事を手伝いました。

三年後、父親は静かに逝きました。あなたは人形を父親の棺（ひつぎ）に入れました。街はもうすっかり元に戻っていました。葬儀場から帰ってくると、あなたは黒い服のままで茶を淹れました。

「わたしたちだけになっちゃったわね」

そう呟いたあなたの目に涙はありませんでした。もう待つことをやめたのだと、わたしは気づきました。

あれから、何年が経ったでしょう。あなたは父親の翻訳の仕事を受け継ぎ、わたしの生まれた国の本をたくさん訳しました。週末だけ、茶の教室もひらくようになり、庭には懐かしい故郷の花々が咲き乱れました。

たくさんのポットたちがやってきましたが、あなたとふたりきりでくつろいだ時間を過ごすのはわたしだけでした。

花々が寝静まった深夜、あなたは湯を沸かし、呪文を唱えます。

「一杯はわたしに、一杯はあなたに」

夜気を紅く染めるようなかぐわしい香りが漂います。

あなたは茶をひとくち飲んで、ふうっと息を吐きました。

「わたしはなにを遺(のこ)せたかしら」

馬鹿なことを。なにかを遺そうだなんて。わたしたちはそんなことのために存在しているのではありません。

「ばかなことを言ったわ」と、しばらくしてあなたは笑いました。

いつしか、わたしたちは言葉が通じるようになっていました。通じるというのか、伝わるというのか、同じ水の中で呼吸をしているように、互いのことがわかるのです。

「あなたといったい何杯のお茶を淹れたかしら」

あなたは焼き菓子の空き缶から青いリボンを取りだし、わたしの取っ手に結びました。

「お疲れさま」

もうすっかり皺だらけになっていましたが、その手はやはり天鵞絨(ビロード)のように柔らかく、優しくわたしを撫でました。

あなたの脈拍がだんだんと遅くなっていきます。

静かな日常を愛するあなたは入院を拒みました。薬はもうずっと前からきかなくなっています。薬の副作用で、あなたの舌は味を失ってしまっています。それでも、あなたの淹れる茶は美味しいままでした。

あなたの心臓はもうすぐとまります。あなたもそれを知っています。

あなたがいなくなっても、わたしはもうしばらくは生き続けるでしょう。それはもう頑丈に作られていますから。誰かの手に渡って、これからも茶を淹れ続けるでしょう。あるいは、どこかの古道具屋で埃をかぶるのかもしれない。あなたとの日々を思いだしながら。

本当のことを言えば、最後の日が来る前に、あなたのその手で、その指で、わたしを粉々に砕いて欲しかった。

ええ、愚かなことです。わかっています。

わたしの使命は美味しい茶を淹れることなのですから。

けれど、たったひとつお願いしてもいいですか。

あなたの心臓がとまる前に。

いつか、あなたのように茶を淹れてくれる人が見つかるまで、このリボンがほどけてしまわないように、きつくきつく結んでください。

あなたの、その特別な指で。

マンダリン

Mandarin

「なにを考えているの？」

そう飽きもせず訊く。女の子はいつもそうだ。たいてい同じことを言う。

「それ、可愛いなって思って」

むやみに光を放つ石がくっついたプラスチックみたいな爪を指す。ほんとうはネイルなんかに興味はない。むしろ要らない。爪に透ける薄桃色の肉を僕は好む。寒かったり、血の気を失ったりした時の青ざめた紫色もいい。生身の色の変化は見飽きることがない。

けれど、僕の考えていることを知らない女の子は嬉しそうに笑う。顔やスタイルを褒めるのはもう少し近付いてから。最初は持ち物や髪や爪を褒めるのが効果的。

「クラスにすっごいうまい子がいて、みんなやってもらってるの」

「校則違反なんじゃないの？」

「うん、でも今日はソノに会えるから」

女の子はＳＮＳのアカウント名で僕を呼ぶと、ナッツやキャラメルや生クリームが盛られた長ったらしい名前のラテをひとくち飲んだ。唇についた泡を赤い舌先で舐めとる。その仕草が可愛く見えることを信じて疑わない顔をして。

　僕は上質な段ボールを巻きつけたような紙コップに手を伸ばすと、熱いチャイラテをすすった。原付の免許を取れる歳になったというのに、僕はまだコーヒーが飲めない。こちらを見つめたままの女の子に微笑み返す。

　僕が照れているように見えたのか、女の子は一瞬、得意げな表情を浮かべて、学校のことを話しだした。自分の喋りたいことばかり、延々と喋り続ける。女の子はだいたいそう。

　どうして女の子は簡単に相手の好意を信じるのだろう。可愛いと言われれば、優しくしてもらえると思うのだろう。自分の好きと他人の好きが同じではないかもしれないと、なぜ疑わないのだろう。

　ほんとうは、僕がなにを考えているかなんて知ろうとは思っていない。知っても、理解できない。

　女の子はみんな自分は大切に扱われるために生まれてきたと信じているから。

「なあに」

　目を細めながら女の子が僕を見る。

　その勝気そうな吊り目を覗き込む。濡れた眼球から目をそらせなくなる。

「きれいな目をしているね」

僕の言葉のほんとうの意味を知らずに、女の子は「やだ、なに言ってんの」と嬉しそうに僕を叩くふりをする。

その顔を見て、次は触れられる距離までいけると思った。

*

二千年以上前のことです。地球で最も広い大陸を統べる国がありました。その国は鉄の武器を作ることができました。そのおかげで他の小国や民族を次々に呑み込んで大きくなることができたのです。長い長い城壁に囲まれた都には、大陸のあちこちから珍しいものが集められました。時には海を越えてやってくるものもあり、街は富や権力を得ようとするたくさんの人々で溢れました。都の最奥には広大な宮殿があり、整然と並ぶ何万という兵士たちによって厳重に護られていました。一見、街の喧騒(けんそう)とも猥雑さとも無縁に思える美しく荘厳な宮殿でしたが、しんと張りつめた空気の底には人間の欲望が煮つまって沈んでいました。そこに、若き皇子がいました。皇子といっても、彼の母親は身分の低い妾(めかけ)だったので、彼も権力争いからは離れた場所におりました。色の白い大人しい若者で、いつも人の目から隠れるようにして過ごしていました。ある日、彼の父親である老いた皇帝が、彼の腹違いの兄に毒を盛られました。彼はその噂を耳にすると、父親の病床にやってきた兄の首を一刀のもとに刎ね、兄が懐に隠していた毒薬を掲げました。息子の血を浴びた父親は、赤く濡れた顔で満足げに笑って息絶えました。兄の腹心の家来はそれを見ると、背を向けて逃げだしました。彼はその男を追うと玉座の前で押さえつけ、腹を切り裂いて腸をひきずりだしました。反逆者の腸を剣に巻きつけたまま、彼はひんやりとした玉座に腰を下ろしました。こうして、血と臓物の臭いの中で彼は新たな皇帝となったのです。兄の母親であった皇后は反逆者と通じていました。皇帝になったばかりの彼は皇后を捕え、両手両足を切り落とし鼓膜を破り舌を抜いた上、医師に命じて手厚く治療させせました。そして、生きた屍となった元皇后の髪を結い豪奢な装飾品をまとわせると、宮廷の便所に飾りました。皇后と兄の周囲にいた人間たちは小間使いに至るまで皆、目玉をくり抜かれ、宮殿のまわりに生き埋めにされました。その数は三百人に及び、都には夜な夜な呻き声と若き皇帝を呪う声が響き渡りました。皇帝の座を狙う親族たちも彼の手で次々と殺され、宮廷は血に染まりました。彼に親しい身内はいませんでした。母親は彼を産んですぐに流行病で死んでいました。わずかなりとも血の繋がった親族を顔色も変えずに殺す様を見て、家臣たちは人の心を持たぬ残虐な皇帝が現れたと慄きました。彼は恐れられても陰口を叩かれても動じませんでした。邪魔な者は徹底的に排して、父親に倣って国務に励みました。そして、用を足しに行く度に、手足のない元皇后を眺めました。艶やかな黒髪は色を失い、芙蓉の顔と称された美貌も衰え、日々干涸びていく女を若い皇帝は見つめ続けました。ある日、元皇后のまぶたが臙脂色の糸で縫いつけられていました。ひらいたままになった眼球は乾き、やがて暗い穴になりました。彼はその穴を覗き込みました。元皇后の心臓が止まると、皇帝は死骸を城壁に吊るさせ、野の鳥たちに啄ませました。皇帝が手ずから元皇后のまぶたを縫いつけたのではないか、と家臣たちは噂しました。

*

塾があるからと嘘をつき、女の子を改札まで送ると駅を出た。女の子は少し不満そうだった。本名を教えてくれたのに、僕がアカウント名で呼び続けたからかもしれない。名前なんてどうだっていい。

乾燥した空気の中、川を眺めながら堤防を歩いた。寒い季節は水が臭わない。代わりに冷気がひやひやとあがってくる。

マフラーをとぐろのようにきつく巻きなおし、鼻まで埋もれる。粗く編んだ毛糸の中に息がこもり皮膚が湿ってくる。マフラーから顔をあげると、外気がすうっと頬を冷やしていく。

この感じが好きだ。この感覚をみんなどう捉えるのだろう。こんな感覚くらいは誰かと共有できるのだろうか。

日常で好きなものに出会うと、ときどき僕は不安になる。

「久苑（くおん）！」

遠くから名を呼ばれて川面から目を離す。模型のようにぎっしりと並ぶ、似たような家々の中、二階の窓から身を乗りだして手をふる小柄な人影が見えた。

芽衣（めい）だ。力一杯、両手をふる仕草は小さい頃から変わらない。白い息が細い顎のまわりをただよっている。

ポケットから片手をだして、あげる。僕はもう昔みたいには手をふり返さない。

芽衣は歯を見せて笑うと、口に両手をあてて「寄っていきなよ」と叫んだ。

*

若き皇帝は橙色の小鳥を飼っていました。嘴（くちばし）と足は向日葵（ひまわり）のように黄色く、喉から腹にかけて朱鷺（とき）色に移り変わっていく羽毛は、小さいながらも太陽の化身のようでした。

皇帝は自室にいる時はいつも小鳥の籠を傍らに置いていました。友よ、と皇帝は小鳥に囁きかけ、その囀（さえず）りに耳を澄まします。手ずから餌を与え、掌で水浴びをさせます。後宮に何百といる異国の美しい奴隷たちや着飾った妾たちよりも、皇帝はその小鳥を愛でていました。その小鳥こそが寵姫（ちょうき）だと宮廷で噂される頃、皇帝は正妃（きさき）を娶（めと）りました。最も忠義心も功績もある臣下が、自分の娘を皇帝に差しだしたのです。妃は申し分なく美しかったのですが、幼い頃より贅に慣れきった自尊心の強い女でした。最初のうちは大人しくしていましたが、皇帝の飼っている小鳥が段々と気に障るようになりました。彼女の目から見ると、その小鳥は羽色こそ華やかなものの、皇帝が飼うにはみすぼらしすぎるように思えたのです。小鳥と戯れる皇帝の姿を見る度に、自分の価値も下がっていくように感じました。妃は異国から孔雀（くじゃく）を取り寄せ、庭に放しました。皇帝は見向きもしませんでした。数日後、菩提樹（ぼだいじゅ）の枝に長い首を吊られた孔雀が見つかりました。朝日に輝く玉虫色の羽根が庭に散っていました。妃はそれでも諦めませんでした。ある朝、御子（みこ）を身籠ったと皇帝に告げると、家臣たちの前で橙色の小鳥の鳴き声が胎（はら）に響くのだと訴えました。「庭にお放しになってくださいませ」そう妃は言いました。「友だとおっしゃるならば逃げはなさいませんでしょう。貴方（あなた）は友を籠に閉じ込めておくのですか」皇帝には返す言葉がありませんでした。

＊

昔より低くなった山茶花の生垣を越えて、インターホンを押そうとすると芽衣の母親が出てきた。ダウンを着込んでいる。

「あら、久苑くん」

「呼ばれました」と、二階を指す。

「芽衣、今日ね、微熱があって学校休んだのよ」

玄関脇に停めたママチャリを動かしながら芽衣の母親が言う。目尻と明るい髪の色が芽衣にそっくりだ。知っていたけど、「そうだったんですか」と答える。

「助かったわ。ちょっと相手してやってくれる。ケーキ買ってきてあげるから。久苑くんはモンブランが好きだったわよね」

芽衣は苺のショートケーキ。昔からずっとそう。でも、僕はもうケーキで喜ぶ子どもではないから、頭を下げて中に入る。懐かしい階段をあがると、木の床が軋んだ音をたてた。

芽衣の部屋のドアをノックする。くぐもった声の返事があって、ドアを開けると芽衣がこたつに入ったまま顔をあげた。毛糸の塊を両手に持っている。寝間着の上に明るいオレンジ色のカーディガンを着ている。芽衣は昔からオレンジ色が好きだ。部屋もレモン色のカーテンに、オレンジを輪切りにしたかたちの壁時計、ベージュとオレンジのチェックのベッドカバーなど暖色系の色合いをしている。あたたかい色の持つやわらかい空気がこの部屋には満ちている。ブルーライトで染まった僕の部屋とはまったく違う。

「風邪なんだって？」

「あ、うつっちゃうかな」

マスクマスクと立ちあがろうとする芽衣を座っているように手で制すると、コートと制服のジャケットを脱いだ。本棚の上の人形と目が合う。今日は刺繍入りのチャイナ服を着て、髪を団子にしていた。裁縫部に入っている芽衣のお手製だろう。祖母からもらったという年代ものの人形を彼女は大切にしている。芽衣は編み棒を動かしながら「悪戯しないでよ」と僕を睨んだ。

小さい頃、僕はこの人形の腕をもいだり、精巧に作られた目玉を抜いたりしていた。その度に芽衣は大泣きをして、人形は修理にだされ、返ってくると僕らは仲直りをした。何度も人形を壊す僕のことを、芽衣の母親は「久苑くんは男の子だから仕方がないの」と言った。僕もそれを信じていた。

こたつに入ると、一瞬ふっと芽衣のにおいがした。机の上で蜜柑(みかん)が三つ、鮮やかな色を放っている。「食べる？」と、芽衣が果物籠に手を伸ばし二つ転がしてくる。

「何個、食うつもりなんだよ。黄色くなるぞ」

「もうなってる。ビタミン、ビタミン」と、僕の目の前で両手を広げる。甘酸っぱい柑橘(かんきつ)のにおいが鼻先をくすぐっていった。

目をそらし、蜜柑を一つ手に取る。水っぽいひんやりとした重みがてのひらに伝わる。

「オレンジって青の対照色なんだってさ」

「対照色？」

「正反対の色。黄色の対照色は青紫、赤は緑」

まるで僕と芽衣のよう。

芽衣は蜜柑の皮を剝きながら、「へえ」と素直な声をあげた。爽やかな甘い香りが散らばり、部屋の空気までオレンジに染まった気がした。

「今は色の小説でも書いているの？」

「いや、中国の皇帝の話」

ノートをひろげる。

「文豪気取り」と芽衣が吹きだす。

「なんだよ。原稿用紙じゃないだろ」

「でも、いまどき手書きなんて」

「なんかあったら燃やせばいいから」

「なにそれ」

芽衣が大きな口をあけて笑う。ポットからお茶を注いでくれる。湯気はほうじ茶のにおいがした。

*

皇帝は鳥籠の扉を開け放すことはできませんでした。彼は小鳥を囀らせない術(すべ)を探しました。ある老いた儒者が言いました。小鳥の目を潰せば良いと。そうすれば、夜目のきかない鳥は夜だと思い込んで鳴かなくなります。飛ぶこともせず、陛下の御手から離れることもありません。そう付け加えた儒者の舌を皇帝は切り落としました。そして、儒者の目も潰すよう命じました。命じてから、皇帝は自分が恐れているのを知りました。けれど、恐れの正体がわかりません。即位して五年、国の領土はますます広がっていました。皇帝に逆らう者はもう誰一人としていませんでした。ただ、妃がくだらぬ我が儘(わがまま)を言っているだけです。いっそ妃を追放してしまおうか、とも思いましたが、小鳥一羽のためにやっとできた子を捨てるわけにもいきません。何より、小鳥一羽も始末できない皇帝だという噂が広まれば、彼を見くびる家臣もでてきてしまう危険性があります。皇帝の冷酷さは家臣たちの欲望を抑え、宮廷に一定の秩序をもたらしていました。小鳥は悩む皇帝を丸い瞳で見つめ、橙色の躰(からだ)を震わせて囀りました。励ますようなその鳴き声は、皇帝の胸に刺さりました。

*

「ねえ、どうして久苑は昔の話ばかり書くの」

「人が簡単に死ぬから」と、僕はほんとうのことを言った。芽衣の編み棒は規則正しく動いている。

「僕も昔に生まれたかったな」

「久苑だって、簡単に死んじゃうんじゃないの」

「そうかもしれないけど。才能を生かせた気がする」

「才能？」

「民主主義がない頃は、刑罰を行うのは王や皇帝だったんだ。処刑は見せしめでもあったから、民が恐れる刑罰をすればするほど平和になったんだよ。僕は残酷なことを考えるのが得意だから、その才能を生かせたと思うんだ」

芽衣がちらりと僕を見る。

「おばさんが心配していたよ。拷問とか武器とか変な本ばかり読んでいるって」

「こないだ腐刑（ふけい）のことを調べている時に見られたからね」

「腐刑ってなに」

芽衣が編み棒を置いて、また蜜柑を手に取った。

僕はちょっと言うのをためらう。

「昔の中国の、男性の陰部を切断する刑。その後、熱い土の中に首まで埋めたんだって。運良く生き延びたら宦官（かんがん）となって宮廷で働くことができたみたい」

「そんなの読んでたらびっくりするよね。小説のためだって言えばいいのに」

芽衣はどんなに残酷な話をしても、他の女の子みたいに嫌な顔をしない。僕が小さい頃から作ってきた物語のひとつだと思っている。

「小説のことは秘密」

そう言うと、芽衣は小さく頷いてそっと顔をあげた。微熱のせいか、いつもより潤んだ瞳で僕をまっすぐに見る。その目がかすかにかげった。

「そういえば、友達がネットで知り合った男の子にひどいことされたんだって」

「学校の友達？」

「ううん、都内の私立校の子。小学校の時にピアノ通ってたでしょ、その時の友達。会う約束したって聞いて、ちょっと警戒心のない子だったから心配だったんだけど……」

「なにされたの？」

芽衣はちらっと僕の首に目を遣った。

「久苑、ネクタイは？」

「苦しいから」と鞄を指す。芽衣はネクタイをすることもないのに、「苦しいよね」とあやふやな相槌を打つと目を伏せた。

「なんかネクタイで首を絞められたんだって。すごい痕になってた。でも、ネットで知り合ったなんて言えないし、警察にも親にも言ってないみたい。私服の学校で良かったって、タートルネック着ていたけど、痕ちゃんと消えるのかな。会うの止めればよかったな」

「消えるよ」と、僕はペンをノートに走らせながら頷いた。

頭の中はネイビーのネクタイが食い込んだ白い首の映像でいっぱいだった。青い血管が浮いて、顔が赤くなる。やがて赤は黒ずんでいく。剝かれた白眼だけがくっきりと映えるようになる。あの顔。意思の力をなくした砂袋のような身体。ネクタイが血を吸った青いリボンみたいだ。飾られた死体。人がモノになる瞬間、僕の下半身は過剰に反応する。

「ちゃんと消えるから大丈夫」

僕はもう一度、繰り返した。芽衣はしばらく黙っていたけれど、「でも、恐怖心は消えないよね」と小さな声で言った。

「芽衣さ、小学校の時、冷凍蜜柑が好きだったよね」

そう声をかけると、彼女ははっと顔をあげた。大きく頷く。

「凍らせてこようか。ほっぺたが子猿みたいになってるよ、熱あがってきたんじゃないの」

「え、うそ」

芽衣が目を丸くして頬に両手をあてる。

「そんな赤い？」

僕が笑うと、ふくれっ面をした。蜜柑を二つ持って立ちあがる。

「冷凍庫に入れてくるよ」

給食で冷凍蜜柑がでた暑い日、冷たいデザートを喜ぶ小学生の中で、幼い僕はまったく違うことを考えていた。カチカチに凍らせた蜜柑を屋上から落としたらどうなるだろう、と。蜜柑はガラスのように粉々に砕けて、オレンジ色の破片が飛び散る。太陽に輝く欠片を想像した。

なんでもそうだ。僕は触れると、壊すことを考える。壊れる瞬間がもっとも美しいと感じる。

蜜柑を冷凍庫に入れると、トイレに行った。廊下はもうとっぷりと闇に沈んでいた。芽衣の母親が帰ってくる気配はない。

足音をたてずに階段をのぼる。芽衣は肩までこたつに潜って眠っていた。前髪が少しだけ汗で張りついている。

起こそうと手を伸ばし、つい熱でふくらんだ唇に触れてしまう。火傷(やけど)の水ぶくれのような感触に鳥肌がたつ。

芽衣は目を覚まさない。まぶたが時々ぴくぴくと震える。

この目が永遠にひらかなければいい、と祈る。そう祈っている自分を知られたくない。見られたくない。

僕の小説は未完成のまま。物語の結末はいつも書けない。

孤独な皇帝は小鳥の目を潰したのだろうか。潰さなければ、いつか妃が小鳥を放して、小鳥は飛んでいってしまう。けれど、目を潰せば美しい囀りは二度と聴けなくなってしまう。

僕にも皇帝にも翼はない。小鳥と一緒に飛んでいくことはできない。壊すしか才がないから、なにを選択しても失うことになる。

芽衣の寝顔を見つめながら思う。

これは一体どんな拷問なんだろう。

ロゼット

Rosette

偏屈な男がおりました。

男は時計職人でした。村と森の境目にある小さな家に住み、生計をたてていました。薄暗い工房には無数の機械式時計がぶらさがり、ありとあらゆるぜんまいの音が響いています。たったひとつのランプの灯りが大きな机を照らし、男は工具を手に背中を丸め、昼夜を問わず時計を作っていました。

村の誰も男の名を知りませんでした。週に一度、男は食料を買いに村にやってきましたが、顔色は悪く、口をへの字に曲げて、いつも不機嫌そうにしていましたので、話しかける者もいませんでした。まれに声をかける者がいても、男は猫背をいっそう丸めて目を合わせようともしませんでした。乱れた白髪に首を埋めて、唾を吐きながら歩く様子から、村人たちは男を老人だと思っていましたが、本当はまだ四十歳にもなっていませんでした。

男は村では珍しい片眼鏡（モノクル）を左目にはめていました。村人たちは男を「モノクル」と呼びました。

　男が時計屋と呼ばれないのにはわけがありました。男の時計を間近で見たことがある村人がいなかったからです。

　時折、男の工房のそばに高級車が停まりました。男が作る機械式時計は、それはそれは高価なもので、村人が買えるような代物ではありませんでした。そして、偏屈な男は気に食わない客には決して時計を売りませんでした。

　村人たちは知りませんでしたが、男の作る時計は上流階級の人々の間では有名でした。ある時計は卵形をしており、定められた時刻になると割れて、中から美しい鳥が現れて翼をひろげました。またある時計は文字盤から次々に男女が飛びだし踊りました。観覧車や異国の宮殿、童話の菓子の家、氷の城……そのどれもが精巧で美しく、正確に時を刻んでいました。金持ちの好事家たちはこぞって男の時計を蒐集(しゅうしゅう)しました。

　ある冬の昼下がり、男の顧客の一人が襤褸(ぼろ)をまとった子供を男の元に連れてきました。

　男は手も休めず、「おい、乞食を入れるな！」と怒鳴りました。

「まあ、そう言うな。今回もずいぶん納期が遅れているじゃないか。君には助手が必要だよ。この子は手先が器用だぞ。使いものにならなかったら、身のまわりの世話をさせたらいい」

顧客は肥えた腹を揺らしながら、上質な上着についた埃をわざとらしく払いました。

「どこで拾った」

「国境の町で靴磨きをしていた。おそらく戦災孤児だろう。靴を鏡みたいに磨きあげるもんだから吃驚してね」

子供は口をあけて壁を埋め尽くす時計たちを見上げていました。それらは子供が見たことがある、文字盤だけの平たい時計とはまったく違っていました。見た目の美しさもさることながら、時計たちの奏でる刻音は複雑に重なり合い、荘厳な音楽が降りそそいでくるようでした。

男は子供をちらりと見ると、ふんと鼻を鳴らしました。

「器用な餓鬼は手癖が悪い」

顧客が大声で笑い、子供がびくりと身を縮めました。

「なんだそれは、自分のことか。君だってたいそう器用な子だったじゃないか。それに、ここに盗むようなものがあるのかい？」

男の作る時計は高価ではありましたが、男は稼いだ金を全て次の時計を作るのに使ってしまうので、暮らしは貧しいままでした。男は舌打ちをして、「せめて身綺麗にしてから連れてこい」と背中で言いました。

「このままがいいときかないんでね。風呂にも入ろうとしない。君にはぴったりの子だろう」

　男はもう何も言いませんでした。片眼鏡をはめた左目を金属部品に触れんばかりに近付け、ひたすら手を動かしています。顧客は子供を手招きしました。

「私はこの男が修業中の頃から知っている。そりゃあもう、頑固で偏屈な奴だが、寒空に子供を放りだすような真似はしないさ。ここにいても大丈夫だ」

　そう囁くと、顧客は子供の手に金貨を一枚握らせて出ていきました。

　車の音が遠ざかると、子供はそっと男に近付き、机の端にもらった金貨を置きました。逃げるように離れると、傾きかけた寝椅子の足元にうずくまりました。声も気配も殺してじっとしています。そのまま何時間も過ぎました。

　夜も更けた頃、男は言いました。

「寒かったら暖炉に薪をくべろ。腹が減っているのなら、そこの金貨で何か買ってこい。出ていきたかったら、出ていけ。好きにしろ」

　子供はしばらく考えていましたが、立ちあがって台所に行きました。長年使われていなかった台所は埃と煤にまみれていました。子供は干からびかけた豆と芋を見つけると、暖炉に火を熾(おこ)し、塩味のスープを作りました。

　二人は黙ってスープをすすりました。食べ終えると、男は木箱を並べて子供の寝床を作りました。

子供はよく働きました。十日もしないうちに工房の中は輝くばかりに磨きあげられ、台所で煮炊きもできるようになりました。庭の雑草も刈り取られ、洗濯物が外ではためいています。朝はパンの焼ける匂いと珈琲の香りが漂い、夜は滋味深い料理が鍋の中でくつくつと音をたてていました。相変わらず髪はぼさぼさでしたが、男の顔色はずいぶんと良くなり、身なりも清潔になりました。けれど、子供は襤褸をまとったままでした。頭には汚れた布を巻きつけて目元まで覆っています。何度、男が服を買ってくるように言っても、小遣いを与えても、村の誰とも口をきかず必要な食料や日用品を買うとすぐに戻ってきました。村人たちは偏屈男の小間使いはやはり偏屈だと笑いました。

家事が済むと、子供は工房の真ん中に膝を抱いて座り、時計たちを見上げました。時がくると時計たちは花ひらくように素晴らしい細工を次々に披露します。子供は魔法のようなその景色をうっとりと眺めました。けれど、子供が一番好きだったのは、華やかな舞台が幕を閉じ、時計が再び時を刻みだす瞬間でした。時計の刻音はひとつひとつ違いました。それらが、重なり合いながら部屋を静かに満たしていきます。子供は目を閉じて、時計たちの心臓が奏でる音に耳を澄ましました。それは永遠に続く音楽のようでした。

「好きか」

男がぶっきらぼうに言いました。子供は黙って頷きました。

「物珍しいんだろう。こんな装飾過多な時計はまずないからな。師匠にはよく叱られた」

子供が首を傾げます。

「時計は単純で堅実なものが一番だってな。けど、俺は華やかで美しいものが好きなんだ」

「でも、音は……」と子供が小さな声で言いました。

「なんだって？」

「この時計たちの音は正確で単純です。完全な歌のようです」

男はしばらく返事をしませんでした。

やがて、「歌か」と呟くと、また作業に没頭しました。

季節がひとつ巡りました。

男と子供の生活には何の変化もありませんでしたが、村は少しずつ変わってきました。

国境での戦争が激化して、村のそばに駐屯地ができました。村では兵士の姿をちらほらと見かけるようになりました。飲み屋が増え、派手な女たちがどこからともなくやってきました。

　村の若い男たちは志願して兵隊に入りました。彼らが戦地へと送り出される様子を、子供は工房の窓の中から眺めました。年老いた女たちは泣き崩れ、男たちは旗を振り、歓声をあげています。村の子供たちは歌を合唱していました。戦地へと赴く若い男たちは、全てを受け止めるように胸を張っています。

　窓の外を見る子供の横顔は青ざめていました。

　男は子供を呼び、空になったカップを掲げて珈琲を淹れるように促しました。

　子供が家事をするようになってから男の作業効率はあがり、ずいぶんと懐も豊かになりました。戦争で物資が不足していても、金持ちの顧客たちから菓子や煙草といった嗜好品が差し入れられるので生活は潤っていました。

　子供が湯気のたつ珈琲を運んでくると、男は「心配するな」と手を止めました。

「俺の下半身は半分が機械だ。徴兵なんかされないさ、使い物にならないからな」

　そう言って自分の片足を叩いてみせました。コンコンという固い音に子供は驚いた顔をしました。

「義足だ。自分で作ったんだ。生まれつきの足より具合がいい」

　男は笑いました。滅多に笑わない男が笑う時は、自らを恥じている時だと子供は知っていました。

「まあ、こんな身体じゃなくても俺は使い物にはならないけどな。昔な、逃げたんだよ、戦場から。その時に地雷を踏んで吹っ飛んだ。俺は時計をいじることしか能がない、意気地なしの根暗野郎だからな」

「いいんです、それで」

子供が言った。はじめて聞く強い声だった。

「あなたはそのままでいい。弱虫とか意気地なしだって言われても」

子供は外を見つめました。年若い娘たちが木陰に座って、何かを作っていました。娘たちは長い髪を結んでいたリボンを取り、折りたたんで小さな輪を作っていきます。

「ああやって、リボンで勲章を作って、恋人が戦地から英雄になって帰ってくるのを待つのです」

男は黙って目を遣りました。娘たちの質素な木綿のスカートが風にあおられ、甲高い笑い声が辺りに散らばりました。

「英雄なんて人殺しです。あんな勲章を胸につけた人間が僕の町を燃やしました。裕福な家は壊され、女の人たちは乱暴されて……」

「だから、お前はずっと男のなりをしているのか」

子供の表情が凍りつきました。男は立ちあがると、窓を開け「うるさい！　どこか行け！」と怒鳴りました。娘たちは悲鳴をあげて逃げ去りました。

「お前、女だろ」

男は窓を閉めると、作業机に戻りました。子供は返事をしません。男は背中を向けると、「別に俺はどっちでもいい」と工具を手に取りました。


子供が娘とわかってからも、二人の生活は変わりなく続きました。

娘は時々、頭に巻いた布を外すようになりました。誰も客人が来ないとわかっている深夜だけでしたが。娘の、少年のように短く切られた髪は淡い金色をしていました。瞳は晴れた空のような青で、睫毛も眉も産毛も金色で、肌は茹(ゆ)でた剝き卵のように真っ白でした。

男ははじめて娘の顔を見た時、顔にはだしませんでしたがひどく驚きました。娘が美しかったからではありません。娘は男が知っている顔にそっくりでした。

それは、天使でした。男が幼少の頃、両親に連れられて通っていた教会の天井に描かれていた天使に娘は瓜二(うりふた)つでした。小さい頃の男は教会に行く度に、天井で舞い飛ぶ天使を首が痛くなるくらい眺めていました。男は生まれ故郷に戻りたいと思ったことはありません。ただ唯一、故郷を離れて心残りだったのは、その天使の絵を見られなくなったことでした。懐かしい記憶が蘇り、男は動揺したのです。

それから、三年の月日が経ちました。戦争はますます激化しました。

ある日、村が敵軍に襲われました。ちょうどその時、娘は買い物に村を訪れていました。逃げようとした娘は撃たれ、戦車に踏み潰されて死にました。小さな村は壊滅しました。

男も敵軍に捕えられました。けれど、男の顧客は敵国にもいました。彼らは大金を積んで男を釈放しようとしました。敵軍の将校は釈放する代わりに、新しい統治者に献上する時計を作るよう男に要求しました。

釈放された男は焼け落ちた村をさまよい娘を探しました。そして、村はずれで娘の轢死体(れきしたい)を見つけました。幸い頭だけは無事でした。男は娘の頭を抱えて工房に戻りました。娘のただひとつの持ち物であった汚れた布鞄をひらくと、青いリボンで結わえられた長い頭髪がでてきました。淡い金色の髪が波打つように輝いていました。そして、女性ものの衣服が丁寧にたたまれて入っていました。男は立ちあがると、作業机に向かいました。

工房は今や森にすっかり呑み込まれていました。昼なお暗いその森に入るのを、兵士たちは嫌がりました。兵士が時計の催促に行く度に、男は「まだだ」と言いました。

「最高傑作ができたら持っていく」

急(せ)かしても、脅しても、男はその言葉を繰り返すだけでした。

男の工房は腐敗臭と機械油が混ざり合ったひどい臭いがしました。男は痩せこけ、眼窩は落ち窪み、死神のようだと兵士たちは噂しました。

二年が経ちました。村の跡には大きな基地ができていました。たくさんの兵士や戦車や軍用車が毎日出入りしています。

ある月のない闇夜でした。一人の少女が基地の鉄条網の前に立っていました。

少女の身なりは良く、品のある佇まいをしています。

気付いた若い兵士が口笛を吹くと、少女は顔をあげました。夜目にもわかる見事な金髪が風になびいていました。

鳥のさえずりのような細い声が少女の口からもれました。

「歌だ」

誰かが言った瞬間に、付近の照明が消えました。次々に消えていきます。警報が鳴り、無人のはずの軍用車が急に兵舎に向かって暴走しはじめました。「敵襲!」とあちこちで声があがり、基地は大騒ぎになりました。いつの間にか、少女は消えていました。

そんなことが週に二度ほど続き、兵士の間では少女は幽霊ではないかと恐れられるようになりました。銃を向けても、少女が歌いだすと、照明が消え、懐中電灯でさえもつかなくなるのです。いつしか少女は「セイレーン」と呼ばれるようになりました。

災いという名の声を持つ少女、セイレーンの噂でもちきりになった頃、男が少女を抱いて基地にやってきました。淡い金色の髪を見て、兵士たちは「セイレーンだ」とどよめきましたが、男は冷ややかな目で「ただの機械式時計だ」と言い放ちました。

　確かにそれは少女のかたちをしているものの、人間ではありませんでした。透明な光沢の白い肌は陶器製で、青い硝子の瞳は見ひらかれたままでした。けれど、その微笑みは誰もが見惚れるくらい美しいものでした。

「生きているようだ」

　将校は長い金色の睫毛を眺めながら溜息をつきました。

「いいえ、生きてはいません」

　男は少女のかたちをした機械の袖を少しめくりました。節くれだった骨のような手がのぞきました。その機械は貴族や王族の子女が着るような、高価な布やレースをふんだんに使った丈の長いドレスを着ていました。けれど、衣服の下には骨格しかなく、中ではネジやぜんまいが忙しく動いていました。人間の少女のようなふっくらした肉やあたたかい血はありません。

「して、時間はどうやって？」

　将校の問いに、男は平坦な声で答えました。

「時がくれば報せてくれます。お楽しみに」

「この少女の名は？」

男は一瞬動きを止めました。

「セイレーンでもなんでも、お好きに」

そう呟くと、兵士たちに背を向けて出ていきました。

少女のかたちをしたその機械には名前がありませんでした。死んだ娘の名を男は知らなかったからです。

その夜、基地の明かりが全て消えました。

そして、二度と点くことはありませんでした。

朝方、工房の戸を叩くものがありました。

「よく帰った」

男は迎え入れると、少女のかたちをした機械の血塗れの服を脱がし、身体を拭きました。機械の手には無数の勲章がありました。男は一番大きな勲章を手に取ると、解いてリボンに戻し、機械の髪を結びました。

それから、男はときどき工房を空けるようになりました。各地の戦場をまわり、死んだ少女の髪を切って集めると、工房に戻り製作に励みました。少女のかたちをした機械はどんどん増えていきました。

男は機械たちに必ず豪奢な服を着せました。戦禍で着飾れずに死んでいった少女たちの無念を晴らすかのように、煌びやかな装身具で飾り、隅々まで贅沢にしつらえました。魅惑的な美しさに惹かれて、少女のかたちをした機械を欲しがる人は後を絶ちませんでしたが、しばらくすると機械は男の元へ戻ってきました。

いつか娘を連れてきた馴染みの顧客が男の元を訪れました。男は顧客が工房に入ってきても顔もあげませんでした。

顧客は工房を見回して、「時計はどうしたんだね？」と困惑した顔をしました。

「あるだろう」

工房には少女のかたちをした機械しかありません。部屋を埋めつくすように並んでいます。顧客はゆっくりと息を吐きました。

「君は何を作っているんだ」

「機械だよ」

「人間とそっくり同じ姿をした機械が人を襲っていると聞いた。血だらけの少女たちがリボンをはためかせながら、毎夜この森を行進していると」

男はにやりと笑いました。痩せた土気色の顔の中で目だけがぎらぎらした光を放っています。

「あんたの胸に勲章があったら危ないところだったな」

顧客は息を呑みました。

「君が作っているのは兵器だ。殺人だよ」

男が身をのけぞらして笑いました。

「殺人？　兵士が民間人を撃ち殺しても殺人にならないこのご時世で、どこに殺人が存在するんだ。あれは機械だ。人間なんか認識していない。殺意だってない。象が人間を踏み潰したら殺人か？　冷蔵庫で感電して死んだら殺人か？　機械が正しく作動しているだけだ。時計と一緒さ、美しいもんだ」

「でも、そう設計したのは君だろう」

男は鼻で笑いました。

「邪魔だ。帰れ」

工房に沈黙が流れました。やがて顧客は苦しげな声で言いました。

「機械は教えたことしかできない。君が一番よく知っているだろう。愛を知らない君が作ったのなら、何年、何十年、何百年とこの哀れな機械たちを動かそうと、君を愛してくれることはない」

それから、淡い金色の髪をした機械を見つめました。

「あの子のようには」

「帰れ！」

男が叫びました。工具を握り締めた手がぶるぶると震えていました。顧客は戸口まで行くと足を止めました。

「機械に人殺しは耐えられても、君には耐えられない。君は人間なのだから」

顧客がいなくなると、男は顔をあげました。

けれど、振り返ることができませんでした。

背後では金色の髪をした少女が微笑んでいました。その空色の目は真夜中でも閉じることがなく、いつでも男を見返してくれました。なのに、男はもうその目を見つめることができません。

男はよろめく足で立ちあがると、工房を出て、森の奥へと消えていきました。

その方角には男が生まれ育った村があったはずだと誰かが言いました。

少女のかたちをした機械の行方は知れません。

モンデンキント

Moon child

ほんとうのことを言葉にするのは、人生でいったい何回くらいなのでしょう。

作り話で生計をたてている児童文学作家の自分が、こんなことを考えるのはおかしなことだとわかっています。

とはいえ、物語を作っている時、私は嘘を書いたことはありません。湖の底の王国も、雪の結晶を組みたてる小人たちも、炎と踊る龍の末裔(まつえい)の少女も、すべては確かに私の中に存在しています。一人きりの夜更けに彼らはそっとやってきて、私の中に棲みつきます。名前をつけてやると、彼らは生き生きと動きだし、私はその様子をせっせと書きとめるのです。

彼らは私の中で生きています。物語を書くようになるずっと前から。

けれど、それを言葉にすると、途端に「妄想娘」だの「子どもの空想ごっこ」だのと言われてしまうので、私は自分の中の物語をしっかりと閉じ込めて「読書好きの大人しい子」として子ども時代を過ごしました。人形たちを並べて一人遊びをする時だけ、たどたどしい物語を声にだすことはありましたが、人に語ることはありませんでした。

　大人になった今だってそうです。思っていることを正しく伝えられたことがほとんどありません。とりわけ自分のこととなると、どんな言葉を選んでも適切ではないような気がして、ありきたりの美辞麗句や相手が望んでいそうなことを言って会話を終わらせてしまいます。相手も本心からの言葉を口にしているようには思えません。魂が触れ合ったかのような確かな手ごたえのある会話など数えるほどしかしたことがありません。

　嘘ではないが、正しくもない。そんな言葉を重ねて人は生きていく気がします。それとも、これは私だけなのでしょうか。

　私にとって現実の世界は窮屈な場所でした。幼い頃も、学校生活でも、そして、社会にでてからも。作家になってからだってそうです。とても息苦しい。思ったことを口にする時は、年齢や容姿、社会的地位といったものを考慮して、現状の自分にふさわしい発言をしなくてはいけません。言葉は見えないルールでがんじがらめになっています。それをふり払い、ほんとうの気持ちを言えば、顔の見えない人たちからインターネットで調べなくてはわからないような言葉で揶揄されてしまう。まるで弾圧政権下の旧ソ連のよう。おまけにそういう言葉たちは嘲りに満ちていて、とても嫌な臭いがします。自分の大切な記憶や想いをそんなものに晒したくはありません。だから、伝えたいことがあると、私はこっそりと自分の物語にひそませてきました。ファンタジーという分野は隠れ蓑にはぴったりなのです。

ですから、インタビューで語ったり、エッセイに書いたりした私の話はすべて、といっていいほど、正しくないものばかりです。あれらは世間が児童文学作家に求めそうなことを語っただけなのです。読者が本の世界に入っていく妨げにならないよう、実際に起きたことに、衝撃的ではない程度にドラマチックな味付けをして。

特に、何度も何度も訊かれた「どうして小説家になりたいと思ったのですか？」という質問。あの答えは真っ赤な嘘です。私が物語を書くようになったほんとうの理由は誰にも話したことはありません。

それでいい、と思ってきました。けれども、先週、実家で久々に母に会って以来、うまく寝つけなくなったのです。

「認知症の症状です」と医師は言いました。潔癖症で几帳面だった母はぼんやりとした老婆になっていました。新婚旅行で父に買ってもらったのだと言って大切にしていたアイヌの木彫りのブローチも、飼い猫のシャルルのことも忘れていました。そして、ぽかんとした目で私を見たのです。

夜、寝ようとして電気を消すと、その目がよみがえってきて、また電気をつけてしまいます。引き取ってきたシャルルが不思議そうな顔で見上げてきます。抱き寄せ、青みがかった灰色の毛を撫でていると、私の胸を黒々と染めているものは恐怖なのだと気づきました。

大切なことをあんな風に忘れてしまいたくはない。せめて私が生きているうちは、なかったことにはしたくはない。そう思いました。

思うと、いてもたってもいられなくなってしまい、カーディガンをはおってパソコンの前に座りました。シャルルは膝の上で丸くなっています。ぽちぽちとキーボードを叩く音だけが響く静まりかえった真夜中で、柔らかな生き物の気配は灯台の火のようにあたたかい。

誰にも話したことのない、ほんとうの話を記しておこうと思います。

今の私を作った大切な約束についての話を。

その男の子は隣の席でした。

入学式を終えて、クラスに戻り、出席番号順に座ったところでした。同じ小学校の子から離れてしまった私は、窓際の席だったのをいいことに中学校の広い校庭ばかり眺めていました。半分埋まったカラフルなタイヤも、うさぎの飼育小屋もないことにがっかりしていると、自己紹介がはじまり、私は慌てて教室内に目をやりました。一人ずつ立ちあがって、自分の名前と好きなものを言わなくてはいけないようです。

人前で話すのは苦手でした。ドキドキしていると、隣の席の男の子が立ちあがりました。

背がとても高い子でした。まわりの男の子たちが着ているぶかぶかの学生服は、その子にだけはしっくりと馴染んでいました。声も低くゆったりとしていて、妙に大人びた感じがします。私はうつむいて、セーラー服の長すぎる袖を引っ張りあげ、斜めになった赤いリボンを直しました。

ふと、横を見ると、その男の子の手が顔のちょうど横にありました。指の長い、大きな手でした。お父さんと同じくらい大きいかもしれない。けれど、肌はつるつるとしてなめらかです。見つめていると、きれいな手がぎゅっと握られました。それと同時に低い声もかすかにうわずりました。こんな大きな子でも緊張するんだな。そう思うと、なんだか微笑ましくなり、自分の緊張も少し和らぎました。

私の番がまわってきました。私は音がたたないように椅子をひいて立ちあがり、名前を言った後に「好きなことは本を読むことです」と言いました。すると、若い女の先生が一番好きな本を訊いてきました。驚きましたが、小学四年生の時に読んだ本の題名を言いました。少年が本の中に入って冒険する物語で、けっこう分厚かったのですが夢中になって一晩で読んでしまった本でした。

席についてから、読書が好きだなんて真面目そうだと思われて友達ができなくなるのでは、と心配になりました。他の女の子は溌剌(はつらつ)とした声で得意なスポーツやアイドル、菓子作りなどをあげています。早くも学校生活が不安になってきて小さくため息をつくと、隣の男の子と目が合いました。夜にときどき見かけるヤモリのようなくりっとした目をしていて、横顔よりずっと幼く見えました。

「あかがね色の本」

ふいに男の子が言いました。

「さっき言っていた本って、表紙があかがね色の絹張りの本だよね。動かすと光る。二匹の蛇が描かれていて、それぞれが互いの尻尾を咬んでいて……」

男の子は本に書かれている通りに言いました。私は大きく頷くと「そう、中は二色刷りで、章のはじめにきれいな飾り文字があるの」と続けました。

男の子は嬉しそうに笑うと、「僕もあの本好きだ」と言いました。「眠れなくなって布団の中でこっそり読んだよ」

「私も！」

思わず大きな声がでてしまいました。先生がこちらをちらりと見て「そこ喋らないの」と短く言い、私は恥ずかしさで頬が熱くなり、下を向いて口をつぐみました。男の子がこちらをうかがっている気配がします。もう話しかけてくれなくなったらどうしようと不安になりました。

じりじりしながら先生の話が終わるのを待ち、チャイムが鳴ると、勇気をだして「ねえねえ、同じ作者の時間どろぼうの話は読んだ？」と声をかけました。

「『モモ』？　読んだよ」と彼は身を乗りだしてきました。それから、あ、と口をひらいて「さっきは僕のせいで注意されちゃってごめん」と、私の目をまっすぐ見て言いました。いままで知っていた男子といえば、女子をからかったり、お互いにプロレス技をかけ合ったりするような乱暴な子たちばかりだったので、とてもびっくりしました。いとこのお兄ちゃんからもこんな風に謝られたことはありません。慌てて首を横にふると、男の子はほっとしたように笑いました。

カシオペイアが可愛くて亀を欲しがって叱られたことも、主人公の女の子がマイスター・ホラのところで飲むホットチョコレートに憧れたことも一緒でした。夢中になって話していると、同じ小学校だった女の子たちが「翠ちゃん、トイレに行こう」と誘ってきました。別に行きたくなかったので断って男の子と再び話しだすと、女の子たちはちらちらと男の子を見ました。でも、話には入ってはきません。

ふと、男の子の名前を知らないことに気がつきました。自己紹介を聞いたはずなのにおかしいな、と思いながら「ごめん、名前もう一回聞いていい？」と訊くと、男の子はちょっと恥ずかしそうに「もり、りひと」と名乗りました。

「もりって木が三本の？」

「翠ちゃんたら、ほかにないでしょ」と女の子たちが声をあげて笑いました。私はまた頬が熱くなりました。男の子は黙ったままでしたが、女の子たちがトイレに行ってしまうと、「こっちの字もあるのにね」とノートを破り、杜と書いて、その下に名前も漢字で書きました。長い指がシャープペンをゆったりと握っています。

　さっき自己紹介を聞き逃したのは、この大きな手に目を奪われたからだ、と気づきました。手渡されたノートの切れ端に私も名前を書きました。自分の丸っこい字が子どもっぽく思えて渡すのをためらっていると、授業のはじまりを告げるチャイムが鳴ってしまいました。

　紙を折りたたんで男の子の机の端に置くと、しばらくして紙が戻ってきました。さっきしていた本の話の続きが書かれています。私もすぐに返事を書きました。

　鍵っ子で、いつも一人で本を読んでいた私に、生まれてはじめて本の話ができる友達ができました。

　男の子のことを、私はりっちゃんと呼びました。

　りっちゃんはお父さんの仕事の関係でドイツで生まれたそうです。ちょっと変わった名前はそのせいなのだと小さな声で言いました。ドイツは私たちが好きなあかがね色の本の作者の国です。私にはりっちゃんが本の世界からやってきた男の子のように思えました。

　クラスで一番背が高いりっちゃんは大人っぽく見えるせいか、私以外の女の子はあまり話しかけたりしませんでした。りっちゃんと呼ぶのも私だけでした。普段のりっちゃんは無口で、自分から前にでていくタイプではありませんでした。自分の背が高いことも、靴のサイズが大きすぎてみんなと違う運動靴をはいていることも嫌がっていて、なるべく目立たないようにしていました。けれど、本のことになると饒舌（じょうぜつ）になりました。

私たちの本の趣味はとてもよく似ていました。私は昔から『小公女』や『赤毛のアン』といった少女が主人公の成長物語は好まず、『指輪物語』や『ナルニア国物語』、『海底二万里』といったファンタジーや冒険ものの本が好きでした。普通の女の子の話なんてつまらないと思っていました。二人共ドリトル先生シリーズは全部持っていて、その時は海外の推理小説に夢中でした。親に岩波少年文庫しか与えてもらえない私と違い、りっちゃんは現代作家のファンタジー小説をたくさん持っていました。「よく新幹線に乗るから。その時に買ってもらうんだ」と言って貸してくれました。

私たちにはもうひとつ共通点がありました。それは二人共、一人っ子だということでした。私が子どもの頃、特に田舎では、一人っ子は珍しい存在でした。一人っ子は我儘だとか、協調性がないとか、悪いイメージをもたれることが多かったので、私は自分が一人っ子だということをなるべく隠していました。りっちゃんもそうだったようで、お互いが一人っ子だとわかった時、私たちはとても喜び、一人っ子ゆえの誤解と悩みを言い交わして慰め合いました。

私たちには話すことがたくさんありました。授業の合間の休み時間だけではまったく足りません。昼休みはそれぞれ同性の友達とご飯を食べなくてはいけないし、放課後は塾や部活で離れなくてはなりません。私たちは授業中にメモを交換し、掃除の時は一緒にゴミ捨てに行って、本の話をしました。

りっちゃんはときどき、学校を休みました。隣の席が空っぽの時は、りっちゃんに貸してもらった本を読みました。新幹線で本を読んでいるりっちゃんを思い、窓の外を流れる見たこともない街の風景を想像しました。

私の通っていた中学校は部活動に力を入れていて、背が高いりっちゃんはバレー部からしつこく勧誘を受けていました。結局、りっちゃんはサッカー部に入りました。りっちゃんの母親がスポーツをすることにひどく反対して学校に直談判(じかだんぱん)に来たらしく、説得の結果、なんとかサッカーは許してくれたそうです。

「サッカーは手を使わないから」と、りっちゃんは困ったように笑いました。

「手？」

りっちゃんは声を落として、「ピアノをやっているんだ」と言いました。

ずっとずっと小さい頃から。だから、指は大事で。

目を伏せたままつぶやきます。ときどき学校を休むのも母親とコンクールに行っているからだと教えてくれました。きっと秘密なんだな、と声にひそむ静けさで気づきました。りっちゃんは自分の世界をひっそりと持っている子でした。おそらくそれが他の子にとって近寄りがたい壁のように映ったのでしょう。

「りっちゃんは手がきれいだもんね。指が長くて、手がおっきくて」

そう言うと、顔をあげて「そうかな」と首を傾げました。

「私のとぜんぜん違うよ、ほら」

手を広げると、りっちゃんがそうっと手を伸ばしてきました。

やっぱりお父さんのようにあたたかい手でした。ぴったり合わせた手の向こうにりっちゃんの顔が見えました。窓から差し込む日差しに目を細めています。

りっちゃんは自分の手と私の手をしげしげと見比べて、「ほんとうだ。翠ちゃんはすごくちっちゃいね」と言いました。

女の子たちがかたまってこちらを見ていました。ゲームの話をしていた男の子たちが一瞬黙ってにやにやしました。その視線の意味を私たちはわかっていませんでした。

私たちはいわゆる「空気の読めない子」だったのでしょう。子どもから大人になっていく男女の間に流れる微妙な空気を感じることができませんでした。異性を意識するあまり男の子たちは幼児化して、そういう男の子を早熟な女の子たちは疎みつつも、その中から恋愛の対象となる異性を見定めようとしはじめていました。

私たちは幼いままでした。私たちはいつでも本の世界にいて、その中では時が止まっているのでした。そして、その中にいつまでもいられるのだと信じていました。強い自意識と外の世界への好奇心を抱えた子どもたちの中で私たちだけが浮いていたのです。

りっちゃんが学校を休むと、私はクラスの男の子たちに「もり、もり」と囃したてられるようになりました。何度席替えをしても隣の席のままにされたり、りっちゃんの靴箱に私の靴を入れられたりしました。気の強い女の子たちは意地悪な男の子から私をかばってくれましたが、それも最初だけで、そのうち「馬鹿な男子と仲良くするからだよ」と咎めるようになりました。りっちゃんは馬鹿じゃない、と思いましたが、女の子たちの軽蔑しきった視線にひるんで何も言えませんでした。

その頃になってやっと気づいたのですが、私たちのクラスの男女仲はとても悪かったのです。男子が掃除を真面目にしないとか、女子のお喋りがうるさいとか、男が臭いとか女が臭いとか、よくわからない原因で文句をつけてはいがみ合っていました。

からかわれるのは恥ずかしかったし、女の子たちから仲間外れにされるのも困ります。でも、なにより怖いのはりっちゃんに嫌われることでした。そのことを考えると、夜も眠れなくなり、本を読んでも活字が頭に入らなくなりました。

私の心配をよそに、りっちゃんの態度は何も変わりませんでした。いつもと同じように私に本を貸してくれ、休み時間は本の話をして、昼休みは絵のうまい太っちょの須田くんと背の低い野球部の松下くんと過ごしていました。男の子たちはりっちゃんの前ではあまり大っぴらに囃したてることはありませんでしたが、女の子たちはりっちゃんのことも無視していました。

私はリーダー格の女の子から「もう男子と話しちゃ駄目だからね」と注意を受けていました。教室には常に監視の目があります。でも、りっちゃんを無視することなんてできません。何を話しかけても言葉を発せず頷くばかりになってしまった私に、りっちゃんは授業中にこっそりメモを渡してきました。「放課後、図書室で」と書かれていました。私はそっと頷きました。

その日、りっちゃんはお腹が痛いと嘘をついて部活を休み、私は塾に行きませんでした。図書室はしんとしていました。一番奥の書架の前で私たちは声をひそめて話しました。りっちゃんの低い声を聞き、古い本の埃っぽい匂いを嗅いでいると気持ちが落ち着いてきました。司書の先生が隣の部屋に行ってしまうと、私たちは椅子に座って、それぞれの本を読みはじめました。やがて、部屋が薄暗くなり、校庭からも廊下からも何の音も聞こえてこなくなると、私たちは忍び足で図書室を出ました。

「塾をさぼっちゃった」とつぶやくと、「いつも何時までなの？」と訊かれました。

「遅くなるから先に帰って」と何度も言ったのに、りっちゃんは頑として帰ろうとしませんでした。

運良く体育館横のボール置き場の鍵が開いていました。黴臭いマットの上に並んで座ると、あかがね色の本の主人公を思いだしました。学校の物置にひそんで本を読んだのが冒険のはじまりでした。りっちゃんも同じことを思ったのか、こちらを見て笑いました。もう暗くて本が読めなかったので、本の話をして過ごしました。お腹が減ってくると、お昼に食べ残していたおにぎりを半分こしました。

塾が終わる時間になると、私たちは立ちあがり閉まってしまった校門を越えて、誰もいなくなった通学路を歩きました。夜空は明るく、満月に碧（みどり）の輪がかかっていました。雲が流れ、ざわざわと風が吹き、スカートをふくらませます。りっちゃんと一緒に帰ったのははじめてでした。でも、明日からはまた口をきくことができなくなります。

「なんでこんなことになるのかな」

小さな声で言うと、月を眺めていたりっちゃんが私を見下ろしました。また背が高くなったように感じました。

「『月の光』って曲が好きで」

ぼそりとりっちゃんが言いました。「ドビュッシーの」とつけ加えます。

「すごいきれいなんだ。まだ、ぜんぜんきれいに弾けないけど、ほんとうにきれいで。嫌なことがあると、その曲を思い浮かべる」

りっちゃんは滅多に音楽のことを話しませんでした。わざと避けているのではなく、うまく言葉にすることができない様子だったので、私から訊くこともありませんでした。その時も私は黙ったまま頷きました。

「頭の中でも、その曲はすごくきれいで。悲しい時も腹たつ時も変わらなくて。何かあっても、こんなきれいなものがあるなら、いいやって思えるんだ。本もさ、そうだよね」

そうでした。何があっても、本の中の物語は変わらず在って、どんな人でも拒むことなく受け入れてくれます。そして、幸福なことにそんな世界は無数にあるのです。けれど、私はりっちゃんのように特別な子どもではありませんでした。学校以外に行き場はなかったし、得意なこともないし、見た目も平凡な子でした。本は好きだけれど、本だけを信じて一人で生きていけるほど強くはない。りっちゃんとは違う。普通の女の子の物語が嫌いなのは、自分自身が普通の女の子だと知っているからだと気づき、暗い気持ちになりました。

「すごいね、りっちゃんは」

つい皮肉っぽい感じで言ってしまい、私は慌ててりっちゃんの顔をうかがいました。りっちゃんはぽかんとした顔で「どうして？」と言いました。

「きっといつかそういうきれいな曲を作れるだろうから」

ごまかすつもりだったのに、私の言葉を聞いてりっちゃんは笑いました。

「なんで？　作るのは翠ちゃんだよ。僕は弾くだけしかできない。いつも話してくれるじゃない。きれいで、面白い本をいつか翠ちゃんは作るんだよ」

　私はときどき自分で考えた物語をりっちゃんに話していました。いままで人形たちにしか話したことのない話もりっちゃんにはできました。とはいっても、きちんとしたラストも考えていない脈絡のない話ばかりでしたが。その頃は書いてみたこともなかったので、私は大きな声で「まさか」と叫びました。

　けれど、りっちゃんはまっすぐ私を見て言いました。

「翠ちゃんなら、書けるよ。絶対」

　強い目でした。じいんと胸が痺れるくらいの。目をそらすと、大きな月が視界に飛び込んできました。月はふくふくと丸く満ちていて、一瞬だけ、なんでもできるような気分になりました。

「楽しみにしてるから」

　りっちゃんの穏やかな声が聞こえて、私は月を見つめながら小さく頷きました。

　クラスの男女仲は相変わらず険悪で、担任の若い女の先生は見て見ぬふりをしていました。

　教室では話すことができないので、私たちは図書委員になって図書室で仕事をしながら本の話をしました。月に一度ほど、お互いに塾やピアノの練習のない日には、りっちゃんの家に行ってレコードを聴かせてもらいました。

りっちゃんと喋る時間は私にとっては大切な時間でした。クラスの女の子とは本の趣味がまったく合いませんでした。彼女たちは少女漫画やティーンズ雑誌に夢中で、私はそういうものに描かれている恋愛やファッションの話に興味を持てませんでした。

三学期の終わりのことでした。図書室のカウンターの中でりっちゃんと作業をしていると、背の高い女の子が二人やってきました。紺色のリボンで三年生だとわかりました。一人はショートカットで、一人は長い髪をゆるくまとめています。二人共、髪の毛は染めているのか茶色で、スカートは短く、すらりとしたきれいな脚をしていました。ショートカットの子がカウンターに片手をついて、りっちゃんに「ちょっといい？」と言いました。

りっちゃんが連れていかれてしまうと不安でいてもたってもいられなくなり、書架の間をうろうろしました。苛められているのかもしれない。どうしよう。迷った末に、先生を呼びに行こう、と決意してドアに向かうと、りっちゃんが一人で帰ってきました。

怪我もしていないし、服も乱れていません。いつもと同じです。それでも心配で「どうしたの？」と訊くと、りっちゃんはちょっと考えて「第二ボタン欲しいって言われた」といつもより早口で答えました。

「え？　三年生が？」

「うん、もうすぐ卒業するからって。でも、僕はまだあと二年あるしボタンないと困りますって言ったら諦めてくれたよ」

びっくりして言葉がでなくなっている私をりっちゃんはちらりと見ると、さっさとカウンターの中に入り、返却された本をぱらぱらと点検しはじめました。仕方なく私も途中になっていた貸し出しカード作りに戻りました。

「それに」と、りっちゃんが本に目を落としたまま言いました。

「俺は好きな子にあげたいから」

ずいぶん驚きましたが、大きな声をださないように深呼吸をひとつしました。

「好きな子いるの？」

ややあって、「いるよ」と低い声が聞こえました。りっちゃんの耳が真っ赤でした。

「そうなんだ」と言った後、会話が続かなくなりました。私はショックを受けていました。保育園から一緒のちいちゃんに、バスケ部の大迫くんが好きなのだと打ち明けられた時よりも、ずっとずっと置いてけぼりにされた心地がしました。

いつの間にか、りっちゃんは返却本の点検を終えていました。呆然（ぼうぜん）としている私を見つめていました。うつむくと、その視線が胸の辺りにそそがれているのに気づいて、急に恥ずかしくなりました。うつむくと、りっちゃんが「そのリボンの色」と言いました。

「え？」

「二年になったらリボンの色変わるの？」

「ううん、このまま三年まで一緒みたい。来年の一年生は紺色になるんだって」

りっちゃんは「よかったね」と笑いました。「あの本と同じ色だよ。俺、その色、好きだな」

あの本というのは、あかがね色の本のことだとすぐにわかりました。そう言われてみれば布の光沢も色もそっくりでした。

けれど、その時は紺色のリボンのほうが大人っぽく思えて、素直に喜ぶことができませんでした。自分だけが子どものまま取り残された気分です。

曖昧に笑うと、また会話が途切れました。

昼休みが終わり、別々に教室に戻ってから、りっちゃんの言葉遣いが僕から俺に変わっていることに気づきました。

二年になって、りっちゃんとクラスが離れました。話す機会はもっと減り、授業中にメモを渡すこともできなくなりました。りっちゃんは遠くの街にレッスンに通うことになり、部活もやめて、家で遊ぶ時間もほとんどなくなりました。

クラスが変わっても私たちは図書委員に立候補しました。私のクラスの図書委員の男の子は不真面目でしょっちゅう仕事をさぼったので、私が一人で図書室のカウンターにいるとりっちゃんが手伝いに来てくれました。ゆっくり本の話ができるのはその時くらいでした。

夏休みの一週間ほど前のことでした。私は体育の授業中に倒れてしまいました。その日は朝から体が重く、食欲もありませんでした。トイレに行くと、暗い赤色をした液体がつうっと線を描いて便器に落ちていきました。視線がいっそう白っぽくなりました。ふらふらと保健室に行って白衣の先生に話すと、可笑しくもないのに「あらあら」と笑いながらナプキンをくれました。

暑い日のはずなのに指先がずっと冷たかったのを覚えています。目を閉じても視界は真っ白のままで、横たわったシーツはよそよそしい肌触りがしました。私の心もやけにさらさらと乾いていて、保健室で眠る自分を見下ろしているような気分でした。

昼休みに教室に戻りました。いつも昼ご飯を食べる子たちはもう食べ終えてしまったようでいませんでした。食欲もなかったので、窓際の自分の席に座り、本を取りだしました。数ページ読んだところで、「村岡さん」と声をかけられました。

クラスで一番大きな声で笑う女の子のグループでした。西野さんという運動も勉強もよくできる女の子がやってきて私の机にもたれました。ふわりと甘い匂いがしました。

「保健室行ってたけど、大丈夫？　具合悪いの？」

心配されるほど仲良くはなかったので、ぎこちなく「あ、まあ……」と笑うと、「顔色悪いよー」と他の女の子たちが声をあげながら近づいてきて私を取り囲みました。

「生理？」と西野さんが首を傾げて笑います。

「うん」と言うと、考えないようにしていた事実がどしんとのしかかってきました。そうか、私、生理になったんだ。帰ったらお母さんに言ったほうがいいのかな。嫌だな。でも、ナプキン買ってもらわないといけないし。ああ、なんか面倒だな。

ぼうっとしていると、誰かが「ねえねえ、村岡さんって二組の杜くんと仲良いよね」と言いました。はっと我に返って「違うよ、同じ図書委員だから喋るだけだよ」と首をふりました。

「でも、あいつらできてるって噂されているよ」

「できてる？」

訊き返すと、西野さんたちは顔を見合わせ、高い声できゃははと笑いました。耳がきんきんします。

「図書室でキスしてたって」

「してないよ」

「一年の時も教室で手を握り合ったりしていたんでしょ」

「それは違うの。大きさを比べていただけ」

むきになる私が面白いのか、女の子たちの笑い声はますます大きくなります。

「ねえ、ほんとはどこまでいったの？」と西野さんが言いました。「キスだけじゃなくて、もっといろいろなことをしてるって聞いたんだけど」

「いろいろって、どこまでって……それ、なに？」

西野さんはにっこりと笑うと、「じゃあ、教えてあげる」と顔を近づけてきました。唇がピンク色に光っています。カーテンがひるがえり、私たちはすっぽりと黄ばんだ布にくるまれました。

「やってるって噂されているよ」と西野さんは言いました。

「やる？」

「そう、セックス。村岡さんと杜くんはこそこそ会ってセックスしまくってるって」

わけがわからなくて、私はただ言われたことを繰り返すだけでした。頭の中が真っ白です。カーテンの中は暑くて、リップなのか香水なのか菓子なのかわからない甘ったるい匂いが強くたちこめて気分が悪くなってきました。

「セックス……？」

「えっ、もしかして知らないの」と、女の子たちがくすくすと笑います。体がかあっと熱くなりました。西野さんが困ったように笑いながら私のお腹の下あたりを指します。

「いま、血がでている村岡さんのそこにね、男子のアレを入れるの。それがセックス」

キャーッと女の子たちが騒ぎます。西野さんはちょっと得意げに見まわします。

「そういうこと、男子はしたくてたまらないんだよ。だから、変な噂流したり、女子の品定めしたり、エロ本まわしたりしてるんだよ。変態なの。可哀そうに、村岡さんは何にも知らなかったのにね、陰では男子にひどいこと言われているよ」

　血の気がひいて、吐き気が込みあげました。手で口を押さえてうずくまると、誰かが言いました。

「杜くんって一年の頃から女の先輩と遊んでいるらしいから気をつけたほうがいいよ。エロ本だって杜くんが買ってくるらしいよ」

　反射的に「嘘」と言い返していました。女の子たちは一瞬表情をかたくしましたが、すぐに「村岡さん、男子に騙されちゃ駄目だって」と私の肩を撫でました。同情しながらも目は笑っていました。触れられたところから鳥肌がたち全身に広がっていきました。ぐらぐらと世界がゆれています。気持ち悪い。汚い。吐き気が、めまいが、する。私たちは、そんな汚くて気持ち悪いことしていない。でも、そんな風に見られていたなんて。

「ごめん、ちょっとトイレ」

　そう言って、カーテンの中から抜けだしました。背後でくぐもった笑い声が聞こえます。急ごうとして太腿を机にぶつけました。列からずれた机を直さず廊下に出ると、早足で図書室に向かいました。お腹の奥がずくんずくんと脈打つように痛みます。指先の震えと冷や汗が止まりません。

図書室に入ると、カウンターの中でりっちゃんが顔をあげました。りっちゃんと同じクラスの図書委員の女の子も一緒です。私は「これ、手伝うね」と言って返却済みの本を抱えると、書架のほうへ行きました。すぐにりっちゃんが追いかけてきました。

「翠ちゃん、顔、真っ白だよ」

私は返事をしませんでした。手の中の本の背表紙に記された番号をじっと見つめました。本を元の位置に正確に戻すことに集中しようとしたのです。

「半分やるよ」

りっちゃんが手を伸ばしてきて、指が触れました。その途端、手を離していました。本がばさばさと音をたてて床に散らばりました。

びっくりした顔のりっちゃんと目が合いました。久々に間近で見たりっちゃんの顔は、本棚の陰で昔より角ばっているように見えました。眉も太くなって、口のまわりにうっすらひげらしきものも生えているような気がします。西野さんたちの言ったことがよみがえりました。

本を拾おうとしたりっちゃんを「いいから」と慌てて押しとどめ、床にしゃがみ込んで本を集めました。私たちの姿を、本棚の隙間から誰かが見て笑っているような気がしました。

「ねえ、どうしたの？」

りっちゃんが訝しげな声で言いました。私はしゃがんだままつぶやきました。

「変な本買ったって聞いた」

沈黙が流れました。

怖くて、息苦しくて、「噂で」「クラスの子たちが」とやつぎばやに言いました。

やがて、「一回だけ」と静かな声が聞こえました。

「頼まれたんだ、高校生に見えるからって。でも、俺は見ていないよ」

信じて欲しい。声にならない声が聞こえた気がしました。けれど、私たちが何を信じていても、何を言っても、二人でいるかぎり、私たちの関係は汚いものにされてしまう。そんな風に見られるのは耐えられませんでした。

「もう話したくない」

気がつくと、そう言っていました。

「変な風に思われるのは嫌。気持ち悪いの。お願いだから、もう私に話しかけないで」

信じられない言葉がつらつらと私の口からこぼれていました。そのくせ、体は恐怖でかたまっていました。床を見つめたまま、りっちゃんの顔すら見られませんでした。

長い時間に思えました。「わかった」と低い声がして、大きな上履きがゆっくり離れていきました。

チャイムが鳴って授業がはじまっても、私は床にうずくまっていました。本の束を胸にぎゅっと抱きしめたまま。

それから、りっちゃんが話しかけてくることはありませんでした。図書室で姿を見かけることも、廊下で目が合うこともなくなりました。そして、噂はいつの間にかなくなり、西野さんたちも地味な私を構うことはなくなりました。

私は小学生の時のように一人で本ばかり読むようになりました。そうしていれば誰にも干渉されず、傷つくこともありません。とても平和です。そのうち、りっちゃんなんていう男の子は存在しなかったのではないか、と思うようになりました。私の想像の産物だったのかもしれない。そう思っていれば気持ちが楽でした。

三年になり、りっちゃんの姿を目にすることはほとんどなくなりました。一度、グラウンドの隅で西野さんとりっちゃんが二人でいるのを見かけました。二人はそのまま一緒に帰って行きました。西野さんたちに騙されたのだと気づきました。けれど、もう腹もたちませんでした。

あの時、私はほんとうのことを信じきれなかったのです。そして、りっちゃんを拒絶しました。その事実を認めるよりは、もともと私たちの関係なんてなかったのだと思うほうがはるかにましでした。私は臆病で馬鹿な女の子でした。そんな子は騙されて当然なのだと思いました。

家に帰ると、お気に入りの人形に結んだ青色のリボンを取りました。私は他の女の子たちのように、したたかに、賢く、そして軽やかに、青い大人のはしごをのぼっていくことができなかったのです。

一学期も終わりに近づき、また夏がやってきました。りっちゃんと話さなくなって一年が経とうとしていました。

授業を終えて、帰り支度をしていると、教室の外にりっちゃんが立っているのが見えました。目が合ったような気がしました。すぐにそらしたので定かではありません。私はりっちゃんを見ないようにして玄関へ走りました。

隣のクラスで西野さんが泣いていました。まわりを女の子たちが囲んでいます。何があったか知らないけど巻き込まれたくない、と思いました。

廊下を曲がる時にちらりと後ろを見ると、りっちゃんがこちらを見ていました。どんな顔をしていたのかは覚えていません。それが、りっちゃんを見た最後になりました。

りっちゃんが転校したと知ったのは夏休みが明けてからでした。西野さんの取り巻きの一人が教えてくれました。私の反応が期待通りのものでなかったせいか、その子は居心地悪そうに笑い、すぐに自分の教室に戻っていきました。

放課後、私はいつものように一人で図書室に行きました。エラリー・クイーンの国名シリーズを順番に読んでいっている途中でした。しばらく夢中になって活字を追い、顔をあげると、部屋は夕日で真っ赤でした。

ふと、懐かしい本を思いだしました。立ちあがり、書架へ向かいます。

背表紙の題名を指先でなぞり、あかがね色の本を引き抜きます。

二匹の蛇が描かれた絹張りの表紙、二色刷りの美しい文字。クリーム色の紙を夕日が染めています。

ぱらぱらとめくっていると、何か薄いものが挟まっていました。五線紙の切れ端でした。ちょうど四章の始まり、Dという大きな飾り文字が描かれた挿絵のページに挟まっています。この物語は二十六章から成り、各章の始まりにはアルファベットと挿絵が描かれていて、ちょうどZで終わるのです。よく、りっちゃんと暗号遊びをしたことを思いだしました。人に読まれたくない文章を、二人で考えた暗号で書いたりしていました。

さらにページをめくると、また五線紙がありました。今度は十二章の終わり、主人公が物語の中の滅びゆく王国の女王に新しい名前を与えるシーンでした。すべてを再生へと導くこの気高い名を、りっちゃんはとても気に入っていました。幼い少女のように清らかで美しい女王の名は『月の子』といいました。

五線紙はその二枚だけでした。私は背表紙の裏の貸し出しカードをそっと取りだしました。

最後に借りた人の名前はりっちゃんでした。

りっちゃんが五線紙を挟んだのでしょう。四章は大蜘蛛と白竜の戦いのシーンです。りっちゃんに繋がる記憶はありません。章はじめのDの文字に意味があると考えた方が良さそうです。Dと名付けのシーン。『月の子』という名前。

一緒に見た月が浮かびました。

その瞬間、声をあげていました。図書室を飛びだし、誰もいない廊下を走り抜け、音楽室へ向かいました。二部屋ある音楽室の、広い方の部屋は吹奏楽部が使っていました。使われていない古い部屋のドアは鍵が壊れたままになっています。音をたてないようにひらくと、中にすべり込みました。

薄暗くなりはじめた教室の奥で、偉大な音楽家たちの肖像画がじっとこちらを見つめています。私はパイプ椅子を持ちあげ近づきました。頭の中で静かに曲が流れます。清らかな水の流れのようなきれいな曲。りっちゃんが好きだと言ったドビュッシーの『月の光』。

ドビュッシーの肖像画はほんのわずか傾いていました。椅子の上に立ち、額縁の裏に手を入れると、乾いたものが指に触れました。白い封筒がするりと落ちていきました。床に達した瞬間、かちん、と小さな音がしました。私は急いで封筒を拾うと、走って校舎を出ました。

バスにはもう同じ学校の子はいませんでした。私は一番後ろの席に座ると、封筒をあけました。丸いものがてのひらに転がりました。あの晩、りっちゃんと見た月のように鈍い金色をしたそれは、学生服のボタンでした。

　中学生になってはじめて、私は人前で泣きました。


　私は物語を書きはじめました。あの晩に約束したような、『月の光』のような美しい物語が書けたら、りっちゃんに会いにいくつもりでした。

けれども、私はなかなか物語を完成させることができませんでした。

　私がはじめて自分の単行本を出版できたのは、りっちゃんと離れて二十年近く経った頃でした。

　初恋を未練たらしく引きずっている痛い女と思われるでしょう。けれど、違うのです。もう一度会いたいとか、探しだしたいとか、もうそういう想いはないのです。出会いをやり直したいわけでもありません。

　ただ、あの月の晩のあの言葉を、書けるとまっすぐに信じてもらえたことを、忘れたくないのです。りっちゃんに言葉をもらったあの瞬間、かたちのない月の光は私の中で結晶になりました。たとえ、人の目に映るかたちになるのにどれだけ時間がかかったとしても、あの言葉がなければ、私は物語を作りだすことはできませんでした。

　信じるということは祝福なのです。祝福がなければ何も生まれはしません。信じることができなかった私には痛いくらいにわかります。

心から信じてくれた誰かがいた。その誰かと世界を共有できた。私にはその事実だけで充分なのです。

今でもときどき、あかがね色の本をひらきます。ひそやかで美しいピアノ曲をかけて、ページをめくります。月の子が言います。「瞬間は永遠です」と。大人になって、その意味を知りました。大切な記憶は褪せないのです。りっちゃんにもらった祝福は今もこの胸にあります。あの日の彼のような少年が、そして自分のような気弱な少女が、愛し、自分の世界を信じる礎とするような物語を、私は書くことができたのだろうかとたまに思います。

夜が明けてきました。シャルルもベッドに行きたがってさっきから体をもぞもぞさせています。

金のボタンは赤いリボンと一緒にしまってあります。この文章もその小箱に入れておくつもりです。

ここに記したこの記憶さえあれば、私は書き続けられます。このあかがね色の本に書かれた、滅びては蘇る王国のように。

そうして、安らかな眠りにつくことができるでしょう。

ブラックドレス

Black dress

また同じ服とあなたは言うけれど。
少しだけ違うの。
昨日の夜と今日の夜が違う夜であるように、同じ黒でも違う。
わたしは毎晩、違う夜を着る。
そうして夜につむがれた物語を見つけるの。
いくらでも黒いドレスが欲しくなるのは、そういうわけ。
きっと、どこかの夜であなたとわたしは出会っている。
あなたとわたしは出会い、そして別れて、また出会う。
悲しい別れもあるでしょう。
すれ違うこともあるでしょう。

言葉すら交わせないこともあるでしょう。
出会ったことにさえ気づけないこともあるかもしれない。
でも、また夜のどこかで、出会う。
青いリボンでたぐりよせ、わたしたちは何度でもくりかえす。
時をつむぐ人形がそれを見ていてくれるでしょう。
硝子の瞳の中で物語はくるくるとまわる。
だから、おやすみ。

解説——暗闇を拓く

彩瀬まる

　十二の短い物語を読み終わり、清澄だ、とまず感じた。
色が深く、鮮やかで、洗練されている。余分な言葉、半端な思想、そうした不純物が慎重に除かれ、透き通っている。十二粒の宝石を連想した。研磨され、光沢を放ち、触ると体温を吸う。

　美しいなと思い、少し遅れて、美しすぎて人間は住めない世界かもしれないな、と思う。だから人形たちなのか、と妙に納得した気分になる。

美しいものを、信じていなかった時期がある。

　真冬でも冷え切った膝小僧を剝き出しにして、ねずみ色のプリーツスカートを穿くことが義務づけられていた頃。化粧であったり、髪の脱色であったり、制服のリボンの改造であったり、その時々の流行りに合わせて自分を美しく変えようとする同級生たちのさざめきを感じながら、私はいまいち乗り気にならなかった。

女子が追い求めるのが当たり前だとされた「美しさ」という概念が、どことなく儚さや弱さを内包している気がして、好きじゃなかったのだ。若い女性の華奢な体。繊細で破れやすいレース。少しの傷でしおれる花。朝になったら消える雪。きらきらと光る、それ以外にはなんの役割も付与されていないものたち。社会から教えられる美しさには、無力で有限なイメージがつきまとった。私は、力強くてビビッドでタフなものが好きだった。好きでもない概念に自分を合わせるのが心底いやだった。

美しさなんて、結局は薄皮一枚の虚構じゃないか。誰かを魅了してやっと意味を持つものなんて馬鹿馬鹿しい。大人になってもなお、美しいものに対して心のどこかに侮りがあったように思う。

しかし千早さんの小説は、そんな侮りを打ち砕く。それどころか私の中の美しさの概念まで、変えてしまった。

『人形たちの白昼夢』は十二粒の宝石を使ったアンティークジュエリーのような小説集だ。物語は細部まで意匠が凝らされ、文章の一行一行が香り立つほどに艶めかしい。しかし十二の宝石が囲む中央の台座にはとびきり大きな宝石の代わりに、黒々とした破壊が据えられている。暴力だったり、無理解だったり、恐怖だったり、そんな現実社会の基底に広く横たわる焦土がはっきりと存在している。よって、それぞれの物語の入り口には肌寒い不穏が、薄い霧のように立ちこめている。

嘘のつけない腹話術師と、嘘しか話さない女。服の色が身分を表す町において、最下層の赤い服を身に纏う娼婦。雪山の理に身を任せ、聖なる獣を狩る少女。好きなものを壊すことに悦楽を見出す少年。この本の登場人物たちは焦土を踏みしめ、淡々と、静かな喜びを持って、それぞれの良しとする営みを紡いでいく。その在り方は、生きた人間のものとは少し違う。他者からのいたわりやぬくもり、理解を必要としない、透徹した人形たちの営みだ。人形たちは人間たちのような赤い糸ではなく、青いリボンで結ばれる。物語が進むにつれ、焦土は均され、荒廃は濾しとられ、調和の取れた清澄な世界が結実する。

思えば千早さんの他の小説でも、近い清澄さを幾度となく感じた。『男ともだち』で描かれた、性的関心があってなお、お互いの魂のケアを優先しようとする男女の関係性は、しょせん男女の行き着くところはセックスだ、といった粗雑な思い込みを慎重に拒み、震えるほど豊かな境地に到達する。『あとかた』では、屋上に手形を残して自殺した男がふわりと、投網のごとく投げかけた現代の虚無に抗うよう、様々な登場人物たちが自分の衝動を煮詰め、突き抜け、命の結晶とでもいうべき生の実感をつかもうとする。真なる衝動の行く末がたとえ世間から無価値だと笑われるものであっても、自分でも怯むほど不道徳で残酷なものであっても、逃げないでほしい、と物語は説く。

美しいなと繰り返し思いながら、この美しさは私がかつて「それを欲しがって当たり前だ」と言われて本当にいやだったものとは真逆の性質を持つものだと気づく。人間の集団の中心へ、より多くから褒められて愛される方へ行きなさい、と示唆するのがかつての美しさだとしたら、千早さんが描く美しさはより外縁へ、必要であれば中心から最も遠い場所へ、誰からも褒められずとも行こう、と誘う。

「重くないのかい、それ」

彼女は一瞬、首を傾げ、私の視線を追い「ああ」とほっとしたような微笑を浮かべた。

「コットンパールだから。軽いのよ、とても」

「コットンパール」

繰り返すと、「知らないのね」と彼女は色のついた指先で首の珠に触れた。

「本物の真珠ではないのだろう」

「コットンパールという本物よ」（「コットンパール」）

そうして辿り着いた地で、怯えや、揺らぎや、誰かに良く思われたい心、固定観念を慎重に取り除き、初めて結晶化する私たちの真なる姿は、もしかしたら人間の集団の中心へ向かおうとする人の目には、無価値でグロテスクな紛いものとして映るかもしれない。だけど私たちは本物だ。まだ名づけられていない本物なのだと、千早さんの小説は柔らかく、背中に手を当てて支えてくれる。

「青いリボンで小指を結んで、ゆけるところがあるのなら、ぼくはそこにゆきたい」
(「アイズ」)

　これは、血のつながった肉親しか愛せない「ひとでなし」の少年の言葉だ。私もゆきたい。だけど、ゆけない。——ゆけないと、思っていた。初めて読み終わったとき、美しすぎて人間は住めない世界かもしれない、と陳腐な解釈をした。千早さんが描くあまたの「ひとでなし」な存在を特殊なもの、普通の人ではないから美しいもの、と頭から決めてかかっていた。

　本当にそうだろうか。そんな風に読んだのは、大人になった私が力強くてビビッドでタフな存在になることを諦め、かつて自分がきらったものに迎合し、現実社会の焦土に埋まっていたからじゃないか。

　どうして「美しすぎて人間は住めない世界」だなんて虚しいことを思ったのだろう。他者を気にして欲望を混濁させ、個を失うほど癒着して、支離滅裂な破壊を行い、「ひとでなし」たちを排斥する。それを人間らしさだと思ったのは、単に私の人間に対する了見が狭くて貧しいからだ。たとえそういうものを多く見てきたとしても、もっと違う生き方を、私は私自身にうながして、いいはずだ。

ふと気がついて、黒く焼け焦げた大地から身を起こす。周囲は暗い。だけど地平線に色合いの異なる光がまたたいている。すぐに数えられるもので、十二。目を凝らせば、遙(はる)かな距離にさらにいくつもの光が。きっとその光の一つは千早さんだ。暗闇を拓(ひら)き、どんどん人間の在り方の外縁を広げていく開拓者たち。

美しいものになりたい。誰でもない私にとって、美しいものになりたい。大人になって、やっとそう思えるようになった。

彼方(かなた)の光に励まされながら、青いリボンを握って歩き出す。

（あやせ・まる　小説家）

本書に引用されているワーズワースの詩は、出口保夫『英国紅茶の話』（ＰＨＰ文庫、一九六八年）を参考にしています。

本文デザイン／柳川貴代

本文中、挿画として岡上淑子氏によるコラージュ作品を使用させていただきました。（カッコ内は掲載頁）
「王女」（三五頁）
「記憶への道」（七七頁）
「真昼の歌」（一〇七頁）
「月夜」（一三五頁）
「沈黙の奇蹟」（二一七頁）

協力
The Third Gallery Aya
青幻舎

本書は、二〇一七年九月、PHP研究所より刊行されました。

初出

コットンパール　単行本書き下ろし
プッタネスカ　「WEB文蔵」二〇一五年十月
スヴニール　「WEB文蔵」二〇一六年二月
リューズ　「WEB文蔵」二〇一五年九月
ビースト　単行本書き下ろし
モノクローム　「WEB文蔵」二〇一五年十二月
アイズ　「WEB文蔵」二〇一六年一月
（「ムーン・シャドウ」を改題）
ワンフォーミー・ワンフォーユー　単行本書き下ろし
マンダリン　「WEB文蔵」二〇一六年三月
ロゼット　単行本書き下ろし
モンデンキント　「ダ・ヴィンチ」二〇一五年一月号
（「あかがね色の本」を改題）
ブラックドレス　単行本書き下ろし

集英社文庫

人形(にんぎょう)たちの白昼夢(はくちゅうむ)

2020年6月25日　第1刷
2023年2月6日　第2刷

定価はカバーに表示してあります。

著　者　千早(ちはや)　茜(あかね)
発行者　樋口尚也
発行所　株式会社 集英社
東京都千代田区一ツ橋2-5-10　〒101-8050
電話　【編集部】03-3230-6095
【読者係】03-3230-6080
【販売部】03-3230-6393（書店専用）

印　刷　凸版印刷株式会社
製　本　凸版印刷株式会社

フォーマットデザイン　アリヤマデザインストア　　マークデザイン　居山浩二

ISBN978-4-08-744127-7 C0193